風雲時代

官商鬥法
之8
天價合同
姜遠方 著

目錄 CONTENTS

強強聯合

趙凱笑笑說：

「我很喜歡章鳳這種性格硬朗的女孩子，小淼個性有點弱，正需要這樣的女人在一旁輔助他。再說，順達集團也是一個很有實力的集團，我們兩家結親，正是強強聯合，對我們通匯集團也是大有好處的。」

在海邊玩了一天之後，吳雯又陪著劉康去爬了海川境內有名的聖境山。聖境山是國家級森林保護區，環境十分優美，又在山上吃了各種野味，劉康玩得十分高興，直說不虛此行。

一直到晚上從聖境山回到賓館，吳雯在等待的徐正的電話一直沒打來，似乎那一晚什麼事情也沒發生過，彷彿劉康根本就沒送過什麼給徐正。

到了這個時候，吳雯不得不承認劉康看人的眼光還是很毒的，他一眼就看透了徐正真實的底蘊，知道徐正真正想要的是什麼。吳雯心中未免有些失望，她是很期望徐正是一個清官、好官的，畢竟她曾經是這麼認爲的。

晚飯後，吳雯就幫劉康收拾行裝，他隔天就要回北京了。

劉康看出了吳雯的鬱悶，便說：「小雯啊，你也不要對徐正太失望，徐正這樣肯裝的官，也算是不錯的官了，起碼他還肯裝一下，不像乾爹遇到的那些官員，他們根本就不等你送，是直接勒索你。」

吳雯苦笑了一下，說：「那不過是五十步和一百步的差別，實際還不是一樣？我覺得徐正這樣還不如直接跟你要實在。起碼那樣的他還比較真實些，就算是小人，也是真小人。」

劉康笑笑說：「你不要這個樣子，再怎麼說，人家也是照顧了你一段時間。再說，如果沒這些官員在，我們謀取利益的空間就會少很多。真要憑真本事硬碰硬的話，我不會是蘇南的對手的，他的振東集團比我的康盛集團實力大了很多，所以徐正的存在也是我們的機會，這一點你要明白。」

轉天一早，劉康打電話給徐正，說：「徐市長，我要離開海川了。」

徐正有些歉意的笑笑，說：「真是不好意思啊，劉董，我實在太忙了，一直也沒抽出時間回請你。」

劉康笑笑說：「您能百忙之中抽出時間跟我吃頓飯，我已經很感激了。這一次是我來去匆匆，以後我還回到海川來的，希望那時有機會再跟徐市長好好聚聚。」

徐正笑了，說：「那我就期待著跟劉董再會的一天了。」

雖然徐正始終沒提及自己送他的十六萬美金的事情，可是徐正並不意外自己會再來海川，並說期待跟自己再次相會，劉康就明白徐正知道自己的用意了。劉康喜歡跟這種聰明人打交道，聰明人不需要把話說得很透，就能明白對方的需求。

劉康對能達到這種效果感到很滿意，就跟徐正互道了一聲再見，掛了電話。

吳雯送劉康和邵梅去了機場，在路上，劉康特別叮囑吳雯不要因爲徐正收了禮，就對他有看法，還要繼續跟他處好關係。

吳雯笑了，說：「乾爹，這一點你不用擔心，我又不是沒遇到過這種人，我知道徐正對你的重要性，這個關係我會好好處理的。」

劉康滿意的上了飛機，飛回了北京。

郭奎在省委的書記會上，就海川市市委副書記人選作出了正式的表態，他說：「經過認真的考慮，我認爲陶文同志提議的秦屯同志，無論是從政治覺悟還是工作能力上都是不錯的，適合擔任這個副書記。」

書記會就達成了一致，人事部門對秦屯展開了考察，一連串的人事程序就啓動了。

陶文首先將這個好消息告知了秦屯，秦屯對陶文千恩萬謝。

陶文說：「不要急著謝我，好好表現，幹好自身的工作，不要在考察中出什麼差錯，讓我丟臉。」

秦屯笑笑說：「您放心吧，陶副書記，我一定不會讓您失望的。」

陶文就掛了電話，秦屯喜不自勝，雖然他對陶文表示了感謝，心中卻並沒有將這份功勞記在陶文身上，他覺得陶文推薦他不假，可是真正讓郭奎接受自己的，肯定是北京的許先生給他找的某某對郭奎施加了一定的影響。

秦屯趕忙撥了北京許先生的電話。

許先生接通了，秦屯高興地說：「許先生，報告你一個好消息，我們東海省委已經將我作爲市委副書記候任人選，開始人事考察了。」

許先生也很高興，他心中暗道可以繼續騙這個傻瓜下去了，便說：「這真是太好了，前幾天我見到了某某，他還跟我說已經打電話給你們東海的省委書記郭奎，說了你的事情，郭書記當時就滿口答應了。當時某某還讓我問問你有沒有什麼好消息出來，這幾天我太忙了，就沒顧得上這件事。你打來電話正好，我回頭就把這個好消息告訴某某。」

秦屯越發堅信自己能夠成爲這個候任者，一定是某某找了郭奎的緣故，感激地說：「許先生，您幫我好好謝謝某某他老人家，這一次他真是幫了大忙了，太謝謝了。」

許先生笑笑說：「你的謝意我一定會幫你帶到的，你自己最近也要小心些，不要做什麼越軌的事情，出了差錯，考察通不過，就是某某臉上也是無光的。」

秦屯立刻說：「我知道，我知道，我會小心的。」

許先生說：「那就預祝你順利通過考察。」

秦屯再次感謝說：「謝謝，謝謝，等我正式就任市委副書記，一定會好好感謝徐先生您的。」

許先生假意客套地說：「不用這麼客氣了。」

秦屯說：「一定要的，到時候你一定要來我們海川玩一玩，我保證讓您在這裏玩得很高興。」

許先生聽了，連說：「到時候再說，到時候再說。」

北京，海川大廈，傅華辦公室。

趙淼一臉興奮的找了過來，進門就對傅華說：「姐夫，太謝謝你了，你的辦法果然好用。」

傅華笑說：「這麼說，章鳳答應你了？」

趙淼一臉喜悅的笑著說：「對啊，她答應我了。」

趙淼就講了經過的情形。

原來章鳳今天早上在辦公室跟順達酒店各部門主管開了一個小會，會議結束時，趙淼等其他人離開之後，就走到章鳳面前，說：

「章總，你上次答應我考慮的事情已經過去幾天了，你有沒有考慮好？」

趙淼已經等了好幾天了，每一天的過去就是對他的一種煎熬，他很擔心隨著時間的流逝，他和章鳳之間就會不了了之，因此終於鼓起勇氣來問章鳳。

章鳳看了一眼趙淼，雖然那天中午她在傅華面前說得那麼堅定，說她跟趙淼是不可能的，當時她還說要自己去告訴趙淼。可是從海川風味餐館裏出來之後，她並沒有去找趙淼把話說開，因為她有點不知道該怎麼去跟趙淼表達，才能不傷害他的自尊。

她知道如果傷害了趙淼的自尊，趙淼有可能就不會再留在海川大廈了，那樣她就會失去一個很好的助手，這也並不是她樂見的。

章鳳雖然管理企業來，是一個殺伐決斷、雷厲風行的好手，可是處理起感情來，就有些不是那麼犀利了。她在感情方面並不是一個當機立斷的人，不然的話，當初也不會陷入感情的漩渦無法自拔，而被家裏的人送到北京來療傷。

章鳳就暫且把這件事情放了下來，想等幾天趙淼冷靜些再跟他談談。

現在沒等章鳳去找趙淼，趙淼卻主動找上門來，讓章鳳給他一個答覆。

章鳳苦笑了一下，說：「小淼啊，我不知道該怎麼跟你說，你才能清楚我們是不適合的。」

趙淼聽了說：「那你就告訴我，我們到底哪裡不適合了？你能說服得了我，我就再也不提這件事情了。」

章鳳說：「這還用說嗎？首先是年紀。」

趙淼說：「年紀這個問題我們討論過了，我覺得相差真的不大，難道你就真的在乎這個嗎？」

章鳳為難地說：「我真的沒想過要找一個比我小的男生做男朋友。」

趙淼說：「那你現在想也不晚。」

章鳳說：「小淼，你這不是胡鬧嗎？我跟你說了，我不喜歡小男生。」

趙淼看看章鳳，說：「那你是討厭我了？」

章鳳苦笑著說：「我不討厭你，可是我沒喜歡到要你做我男朋友的程度。」

趙淼問道：「那你喜歡什麼樣的人做你的男朋友？如果我哪一點達不到你的標準，我可以努力去達到。」

章鳳感覺有點被趙淼纏上了的感覺，便站了起來，說：「好啦，小淼，不管你怎麼說，我是不會喜歡你的。我的話說得夠明白了吧？你可以出去了。」

趙淼看著章鳳，一副很受傷的樣子，說：「我就不知道你究竟不喜歡我什麼。」

章鳳不禁頭大了，她覺得趙淼這可憐的樣子更像一個小女生，她想要的是一個強壯能夠保護自己的男人，而不是一個嬌滴滴的奶油小生。

她心裏有些煩躁，便說：「我不跟你說了，你出不出去？你不出去我出去了。」

趙淼坐在那裏並沒有要走的意思，章鳳生氣了，就離開辦公桌往外走。趙淼急了，上前一把抓住了章鳳的胳膊，不放章鳳往外走。

章鳳這次不像上一次那麼任憑趙淼抓住，開始用力掙扎，想要掙脫趙淼的手。偏偏趙淼也跟上一次不同，他受了傳華的教導，已經有了應對之策，章鳳的掙扎激起了他的雄風，他一把就把章鳳扯進了懷裏，用力地抱緊她，低下頭就強吻了上去。

章鳳沒想到趙淼會突然變得這麼霸道，呆住了，被趙淼吻了個正著。不過，很快她就醒過神來了，嘴唇用力地想要閉緊，不讓趙淼得逞，手腳用力的往外掙，想要掙脫趙淼的懷抱。趙淼怎麼肯讓章鳳掙脫，更加抱緊了章鳳，蠻橫的挑開了章鳳的嘴唇，侵略性的就去糾纏章鳳的香舌。

章鳳本來可以去咬趙淼舌頭的，可這是一個愛上了她的小男人，她終究不忍心咬下去，只能讓趙淼攻佔了全部的陣地。

趙淼煥發出的雄性氣息也讓章鳳昏昏欲醉，這是她從來沒見識到的一面，原來這小男人也不完全是那麼孩子氣，也有其男子氣概的一面。

章鳳已經很久沒被男人抱過了，心中很快漾起了陣陣春情，她渾身哆嗦了一下，心說這是怎麼了，怎麼渾身像著了火一樣，滾燙滾燙的。

直到這時候，章鳳還是不想徹底放棄抵抗，她拼命想壓住心底泛起如潮水一般的春情，可是趙淼的懷抱似乎有著令她無法抗拒的魔力，這股魔力將她壓抑在心底很久的火山岩漿徹底誘發了出來，岩漿一陣陣的噴湧上來，徹底的燒毀了她的理智和意志。

她的掙扎越來越沒有了力道，渾身酥麻癱軟，感覺就像融化在趙淼的懷裏一樣，忍不住用香舌去噙住了趙淼那火熱卻不甚懂得風情的舌頭，引導著他，讓兩人的激情更加迸發，徹徹底底的燃燒了起來。

兩人吻在一起久久不能分開，也不捨得分開。

章鳳的手機突然響了起來，她想要去接，趙淼卻不肯放開箍著她胳膊的懷抱，章鳳說：「放開我，別鬧了，別耽擱了公事。」

趙淼聽章鳳語氣中並沒有多少惱怒，這才放鬆了章鳳，讓章鳳得以接通了手機。

原來是一個下屬要向章鳳彙報事情，章鳳此刻已經被趙淼虜獲，就依偎在趙淼懷裏講完了電話。

講完電話，章鳳將手機收起來，看著趙淼的眼睛，略帶嬌羞的說：「這下你滿意了吧？」

趙淼嘿嘿笑笑，說：「我覺得還不夠。」說著就要再次去吻章鳳。

章鳳這回可不肯就範了，害羞說：「要死啊，別鬧了，這裏是辦公室，來了人怎麼辦？」

趙淼卻不肯甘休，就去吻章鳳略有些古銅色的脖子、耳朵、耳垂，章鳳心底的火焰再次被點燃，熱情高漲起來，忍不住再次跟趙淼吻在了一起。

手機再次響起，趙淼不得不放鬆了胳膊，這一次章鳳不肯停留在他的懷抱裏了，趁機掙脫開，坐回了她的辦公桌。

趙淼有些無奈，只好坐到章鳳對面去。

章鳳接完電話，看著趙淼，理智在這一刻回來了，她有點惱火自己的立場不堅定，感覺自己彷彿是一隻獵物，掉進了趙淼設好的陷阱。

章鳳沒料到自己這麼容易陷落，又想到現實當中還要去面對趙婷、趙凱這些熟悉的人，她與這些原本相處很不錯的朋友，忽然之間因爲和趙淼的關係徹底變了味，她不知道該如何去面對這些人，總覺得有些尷尬，便瞪了趙淼一眼，不滿地說：

「你可是高興了，可是我怎麼跟你姐和趙董說這件事情啊？他們會怎麼看我啊？」

趙淼笑笑說：「這些都無所謂，關鍵是我們彼此相互喜歡就好。你可別說剛才這個樣子你不喜歡。」

章鳳臉紅了，她確實無法說自己剛才沒有動情，趙淼這傢伙強硬起來還挺招人喜歡的。

章鳳難爲情地說：「可是你姐和趙董會不會以爲是我利用工作關係，引誘了他們的寶貝弟弟和寶貝兒子啊？」

趙淼因爲成功俘獲了章鳳的芳心，因此變得自信心十足，說：「不會的，我想我爸爸和我姐不是不開通的人，他們肯定能接受你，也會爲我高興的。」

章鳳說：「我不管，如果趙婷和趙董不同意這件事情，我們還是算了吧。」

看到章鳳又開始想退縮了，趙淼著急地說：「那怎麼行，章鳳，難道你就沒有一點勇氣去面對自己真實的感情嗎？」

章鳳看了趙淼一眼，說：「小淼，你不明白，我是受過傷害的，你這麼年輕，各方面還不定性，你喜歡我，也許只是一時的心血來潮，等這陣激情過去，你就會後悔的，我可不想再次受傷。」

「不，章鳳，你不明白的，我喜歡你並不是一時心血來潮，我已經喜歡你很長一段時間了，我們之間所有的利害關係，我都考慮過很多遍了，我就是無法放下這份感情才鼓起勇氣跟你表白的。我可以對天發誓，這一生一世都對你好，絕不辜負你。至於我姐和我爸那裏你不用擔心，這個問題我來解決，保證讓他們高興地接受你。」趙淼再三保證道。

說著，趙淼過去抓住了章鳳的手，章鳳這一次沒有逃，乖乖地讓趙淼把她的手握在了手心，她被趙淼的堅持打動了，平靜了很久的心又泛起了漣漪，她決定跟趙淼開始這段新的感情了。

趙淼講完，看著傅華說：「姐夫啊，我姐和爸爸那裏我要怎麼去說啊？」

傅華笑說：「你不是什麼都要問我吧？」

趙淼笑笑說：「誰叫你的辦法那麼好用呢？重點是，我現在有責任保護章鳳，不想章鳳受到什麼傷害，因此我必須想個萬全之策說服他們。」

傅華說：「也許這只是一個假想問題。」

趙淼愣了一下，說：「怎麼說？」

傅華分析說：「也許爸爸本身就接受章鳳，不反對你們來往呢？至於你姐，我會把這個消息告訴她的，我相信不會有什麼問題，就是有什麼問題，我也會幫你說服她。」

趙淼說：「我姐那裏好說，關鍵是爸爸，他的態度我還真琢磨不出，在他面前我一點信心都沒有，如果他反對，我不知道該怎麼去說服他。」

傅華看了看趙淼，他知道趙淼從小在趙凱的威嚴下生活，對趙凱有一種畏懼的心理，這對趙淼未來的發展並不是一件好事，他很希望借此機會幫助趙淼突破這個心理上的障礙。

傅華便問：「小淼，你怕爸爸嗎？」

趙淼苦笑了一下，說：「是有點怕。」

傅華說：「你覺得去說服爸爸，會比剛才你說服章鳳更困難嗎？」

趙淼想了想，說：「是啊，姐夫，你這麼一說，我又覺得說服爸爸應該不是太難的一件事了，章鳳那麼堅決的人都被我征服，爸爸這裏應該更不成什麼問題。」

傅華笑笑說：「其實，無論你做什麼，爸爸都是愛你的，有這個因素在，我覺得爸爸最終是會支持你的。所以我覺得這個問題要你自己去面對。你已經是一個男人了，爲了自己心愛的女人，拿出勇氣來，克服一切可能的困難吧。」

趙淼昂起了頭，衝著傅華笑笑說：「姐夫你說得對，爸爸這一關我自己去面對。」

傅華看著趙淼，高興地笑了起來，看來愛情能夠讓一個男人迅速的成熟起來，趙淼這副勇於面對一切的樣子，應該爲趙凱所樂見吧。

晚上回家，傅華便對趙婷說：「告訴你一個好消息，不過，可不准生氣啊。」

趙婷不禁問道：「什麼好消息啊，我生什麼氣？」

傅華說：「你先答應我，我再告訴你爲什麼。」

趙婷說：「好啦，怕了你了，我答應你，不生氣。」

傅華說：「小淼有女朋友了，是不是好消息？」

趙婷高興地說：「當然是好消息了，是誰啊？我認識嗎？」

傅華點了點頭，說：「你肯定認識。」

趙婷想了想，說：「我認識的女孩子當中，還真沒有適合給小淼做女朋友的，會是誰呢？快說啊，別賣關子了。」

「章鳳。」傅華說道。

趙婷驚訝地說：「什麼，章鳳？怎麼可能？」

傅華說：「我沒騙你，真的是章鳳。小淼今天跟我說，他們已經確定了男女朋友關係。」

趙婷不高興了起來，說：「這章鳳怎麼這樣子啊，利用工作之便，竟然把我弟弟給拐走了，太差勁了，也不看看自己多大的年紀。」

傅華看了趙婷一眼，說：「你可答應過我，不准生氣的。」

趙婷不滿地說：「不是啊，章鳳年紀比我還大，找小淼這不是老牛吃嫩草嗎？我怎麼能不生氣。你說，是不是你跟他串通好了騙小淼的。哦，我記起來了，那天你跟小淼躲在房間裏嘀嘀咕咕，就是爲了這件事情吧？」

傅華笑說：「這樣的事也能騙得來？是小淼自己喜歡人家，費了好大勁才讓章鳳答應的。小淼那天找我就是說這件事情，想要我幫忙他追章鳳。」

趙婷氣呼呼地說：「這章鳳拽個屁啊，小淼這樣可愛的男生追她，她還不趕快答應下來。」

傅華說：「誒，章鳳可是你的朋友，你不能這麼說她吧？你對這件事情怎麼看？」

趙婷嘆了口氣，說：「我能怎麼看，反正很彆扭，原本是好朋友，成天章鳳姐章鳳姐的叫著，突然變成我弟弟的女朋友了，怪怪的，回頭來，她是不是要叫我姐啊？」

傅華笑了起來，說：「這倒有可能。」

趙婷又說：「小淼也是的，什麼人不好追，偏追我的朋友。」

傅華笑笑說：「好啦，找什麼人做女朋友，是小淼自己的事情，回頭見了章鳳，不准露出不高興的樣子來啊。」

趙婷說：「爲什麼，我就是有些不高興嘛。」

「章鳳其實是很在意你這個朋友的，她也覺得跟你之間的關係變成這個樣子有點怪怪的，很想打退堂鼓。我跟你說，到時候惹翻了章鳳，小淼跟你發火，我可不管。」傅華警告說。

趙婷笑說：「好啦，我也不是什麼封建的人，既然小淼喜歡，那就隨他了。這種好事怎麼叫章鳳遇到了，我怎麼就遇不到呢？」

傅華開玩笑說：「怎麼，你也想要找個像弟弟一樣的情人？」

趙婷笑看著傅華，說：「不可以啊？」

傅華扭了一下趙婷的鼻子，說：「當然不可以了。」

趙婷嘿嘿笑了笑，說：「跟你開玩笑的，我當然還是最喜歡親愛的老公啦。」

傅華笑說：「算你會說話。」

這時，傅華的手機響了，看看是趙淼的電話，就對趙婷說：「是小淼，他今天要跟爸爸說這件事情，也不知道怎麼樣了。」

趙婷便說：「那快接啊。」

傅華接通了電話，問道：「小淼，爸爸什麼態度啊？」

趙淼說：「爸爸說，只要我喜歡，他沒什麼意見。只是他讓我明天帶章鳳回家來吃飯。」

傅華笑笑說：「那好啊。」

趙淼說：「你跟姐姐明天也回來吧，我看媽媽的臉色不太好，似乎不太高興的樣子。」

「好，我們明晚回去。」傅華答應著。

這時，趙婷抓過電話，叫道：「小淼，你這個傢伙，追我朋友也不事先跟我說一聲，真不夠意思。」

趙淼說：「跟你說了有什麼用啊？」

趙婷說：「那跟你姐夫說了就有用了嗎？」

「姐夫腦子聰明，主意多，當然有用了，我能追到章鳳，全靠姐夫出主意呢。」趙淼興奮地說。

趙婷轉頭看了看傅華，不高興地說：「是你教他的？」

傅華撓了撓頭說：「我就是出出主意罷了，小淼啊，你別跟你姐瞎說，讓她來怪我。」

趙淼在電話那邊聽到了，說：「好了姐，是我求姐夫幫我忙的，你可別怪他。好了我掛了。」

趙婷說：「你先別掛，你還沒告訴我你是怎麼追到章鳳的。」

那邊趙淼沒聽到趙婷最後一句話，直接掛掉了。

趙婷將手機還給了傅華，說：「這個傢伙，沒講完就掛了。誒，老公，他跟你說過怎麼把章鳳追到手的吧？」

傅華笑了，說：「你們女人真是奇怪，剛才還很不願意，轉過頭來，卻想知道他們之間的八卦。」

趙婷說：「我就是好奇不行啊？其實，章鳳除了年紀比小淼大，其他各方面都比小淼優秀，能追上她也是小淼的福氣。跟我說說嘛，你教了小淼什麼高招，能夠拿下章鳳？」

傅華笑說：「其實也沒什麼，我就跟他說，喜歡就去跟人家表白啊。」

趙婷不相信地說：「就這麼簡單？你騙我！章鳳那個人可不是這麼好說話的，不可

能小淼去跟她說一聲喜歡她，她就答應了。」

傅華說：「當然不是這麼簡單了，後來小淼去追問章鳳的意見，趁機強吻了章鳳，直吻到章鳳答應下來才甘休。」

趙婷看了看傅華，說：「小淼自己可做不出這樣的事情來，是你教他的吧，誒，老公，你這招可真夠壞的。」

傅華笑了笑，沒說話，心中卻想到了另一個說他這個法子夠壞的女人曉菲。

曉菲那天吃完飯就飄然而去了，這幾天也沒有跟傅華聯繫，沒了音訊。此刻，傅華心裏對曉菲還真有幾分牽掛，但是他也知道自己這麼做不應該，就把這份牽掛埋在了心底的更深處。

第二天上午，傅華打電話給趙凱，問說：「爸爸，小淼把事情都跟你說了？」

趙凱雖然對趙淼說，只要趙淼喜歡他沒意見，這句話似乎是一種許可，但感覺更像是一種無奈，而並非趙凱的真實態度。

趙凱笑了，說：「你是擔心我不接受他們交往是吧？」

傅華說：「章鳳比小淼大了幾歲，我怕您介意這個。」

趙凱笑笑說：「這個你媽很介意，不過我無所謂的。實際上，我很喜歡章鳳這種性格硬朗的女孩子，你不覺得小淼個性有點弱，正需要章鳳這樣的女人在一旁輔助他嗎？再說，順達集團也是一個很有實力的集團，我們兩家結親，正是強強聯合，對我們通匯集團也是大有好處的。我對小婷和小淼的婚姻都抱持一種開放的態度，只要他們自己喜歡，而且不是什麼歪門邪道的人，我就ＯＫ。」

看得出來，趙凱是樂見這種結果的。

晚上，傅華和趙婷早早就去了娘家，趙凱也早就回來了，趙婷的媽媽臉色有些陰沉，看得出來，她對兒子這個選擇並不高興，眼看兒子即將脫離自己的控制，投入到女朋友的懷抱中，做媽媽的自然無法高興起來，更何況選擇的對象並不是自己所喜歡的。

過了一會兒，趙淼帶著章鳳回來了。一家人當中，只有趙婷的媽媽不認識章鳳，趙淼給她們作了介紹，章鳳略顯緊張地跟趙婷的媽媽問好。

趙婷的媽媽也許受了趙凱的叮囑，也或許是不想讓兒子難堪，便強笑了一下，說：「章鳳，你好，歡迎你來做客。」

章鳳又問候了趙凱，趙凱笑笑說：「章鳳啊，人和人的緣分真是奇怪，我怎麼也沒想到你會成爲小淼的女朋友，以後小淼就交給你了。」

章鳳笑笑說：「趙董，人和人之間確實是很奇妙，我也沒想到有一天會這樣來見您。」

趙凱說：「不要叫趙董了，在家裏叫我叔叔吧。」

章鳳聽出趙凱有認可她身分的意思，便高興地叫道：「叔叔。」

趙凱面帶笑容答應了下來。

章鳳又走到趙婷面前，說：「小婷，我也沒想到事情變成這樣，你沒生我的氣吧？」

趙婷拉著章鳳的手，說：「我生什麼氣，你是我的好朋友，小淼看上你是他有眼光，我很高興。」

傅華在一旁也說：「章鳳啊，你別緊張，我們大家都很歡迎你。」

這一頓飯的氣氛還算融洽，章鳳和趙凱、趙婷早就是熟人，彼此之間都很瞭解，說話便知道分寸。對於趙婷的媽媽，章鳳看得出來她不是太高興，言語之間便對趙婷的媽媽更多了一些尊重。

她是見過大場面的人，應對十分得體，趙婷的媽媽看了，覺得這個女孩子雖然年紀比兒子要大一些，可是也因此顯得比兒子成熟，倒是兒子的一個好臂助。

在趙婷媽媽的心目中，兒子將來是要接趙凱的班的，也確實需要像章鳳這樣一個出得廳堂的妻子；加上章鳳平常保養的不錯，爲了來赴這個宴會，又精心打扮了一番，嬌小玲瓏的她坐在兒子旁邊，倒看不出比兒子大的樣子，趙婷的媽媽心中也就接受了章鳳。

章鳳走的時候，趙婷的媽媽將她送到了門口，說：「章鳳，現在你也知道我們家的門了，以後有空的時候就來玩。」

章鳳聽了，心裏鬆了一口氣，這代表著趙婷媽媽認可她了，連忙答應說：「好的，阿姨。」

這件事總算有個完美的收場。

回家的車上，傅華一路默默無語，趙淼用他的辦法征服了章鳳，現在稱心如意了，可是另一個用這個辦法的人，現在怎麼樣了呢？

傅華忽然覺得自己不該那麼偏激，說什麼再也不會去曉菲的沙龍了，其實倒是可以約蘇南去沙龍看看曉菲，就算自己不能娶曉菲，可她也算是自己的紅顏知己，偶而看看她總是可以的吧？傅華忍不住對自己說。

中國人是不經念叨的，傅華晚上剛想到蘇南，第二天上午，蘇南就出現在駐京辦他的辦公室。

「蘇董，去海川回來了？」傅華問。

蘇南點了點頭，「回來有幾天了，事情忙，就沒過來。」

傅華問：「事情還順利嗎？」

蘇南點點頭說：「比我預想的要好，你們的市長已經承諾會公平的對待我們振東集團，我相信新機場項目我們會有很大的希望得標的。」

傅華看蘇南志得意滿的樣子，看來他這次去海川肯定是對徐正做了一些工作，而且徐正給了他很滿意的答覆。

不過，傅華現在對徐正已經有了充分的瞭解，知道他是一個小心眼且反覆無常的人，這種不著邊際的答覆可以說是對振東集團的某種暗示，也可以說是泛泛的一種敷衍。現在項目還沒有正式立項，離競標還有一段時間，蘇南不應該這麼早就信心滿滿。

傅華便說：「蘇董，我不知道徐正答應了你什麼，不過，我可提醒你，徐正這個人不是那麼可信的，你千萬不要以爲這樣就一定會將項目拿下。」

蘇南笑笑說：「傅華，我明白你擔心什麼，你放心，我這次還找了東海省裏的一位領導，這位領導幫我給徐正打了招呼，我想如果沒有太大意外，這次我一定能將案子拿下來的。當然，目前的工作還只是前期的準備階段，後續我還有一連串的手段要施展，好確保將這個項目拿到手。」

傅華卻沒有這麼樂觀，不過，他也不想掃了蘇南的興頭，便說：「那我就預祝蘇董馬到成功了。」

蘇南笑笑說：「借你吉言了。誒，新機場項目發改委那邊還沒批下來啊？」

傅華說：「快了，現在一切就緒，就等正式下發文件了。」

蘇南說：「那就好，這個項目總算要開始運作了。對了，你最近見過曉菲嗎？」

傅華愣了一下，說：「沒有哇，前些日子她來這裏吃過一頓飯，走了之後就好長時間沒音信了。蘇董這些日子沒去過她的沙龍嗎？」

蘇南說：「我昨天想去來著，打電話給曉菲，曉菲說，沙龍她想停下來，不想辦了，正在四處找買主要將那棟廠房出售呢。」

傅華問道：「這是怎麼回事啊？她那裏不是辦得好好的嗎？」

蘇南搖了搖頭說：「我也不太清楚是什麼緣故，就問她，她說她厭煩了郊區的冷清，不想再留在那裏了。這讓我很奇怪，當初她要弄這個沙龍的時候，我還建議她不要設在山區裏，山裏太偏，離市區太遠，做什麼都不方便。當時她說，她就是喜歡這種偏遠的地方，冷清，適合思考問題，不知怎麼一轉眼她就變得不喜歡冷清了呢？」

傅華也不知道所以然，可是他心中猜測，肯定與那天曉菲在這裏跟自己強吻有關，這他不便跟蘇南說，便笑笑說：「我也不清楚是怎麼回事，可能女人就是善變的吧？」

蘇南說：「也許吧，只是曉菲的沙龍突然關掉，讓我失去了一個很好放鬆的地方，心裏有些惆悵。」

傅華說：「曉菲沒說她之後要幹什麼？」

蘇南搖搖頭，說：「沒有，只是說還沒考慮好，等考慮好了再告訴我。」

傅華心中有些悵然，本來蘇南來的時候，他還想是不是可以讓蘇南再帶他去曉菲的沙龍玩，好見見曉菲，現在曉菲的沙龍突然關掉了，從根本上就斷絕了傅華去見曉菲的可能性了。

傅華笑了笑，說：「蘇董也不用惆悵了，我相信曉菲要做的事情肯定不會俗氣的，就耐心等待吧，也許她會給我們一個驚喜的。」

蘇南聽了，說：「也許吧。希望她能儘早讓我們看到這份驚喜，不然的話，我要很長時間都不能有一個好好放鬆的地方了。」

傅華心說：我也盼望曉菲能夠趕快再做點什麼，不然的話，我也會有很長一段時間看不到她了。

騙子把戲

這種騙子把戲似乎看上去一戳就破，實際上卻大大不然，
就像徐先生自己宣稱認識的某某，位高權重，深居大內，
平常人想見都是難以見到的，更別說向他查證是否認識自己，
所以這實在是一個再安全不過的把戲了。

時間飛逝，很快又過去了一個月，人事部門終於正式公佈了秦屯期待很久的市委副書記的任命。

秦屯第一時間就打給了許先生，興奮地說：「許先生，太好了，我現在是海川市市委副書記了。」

許先生說：「那恭喜你了，秦副書記。」

秦屯笑笑說：「謝謝，謝謝，也請您幫我感謝某某他老人家，我今後的前途，還希望他老人家多多給予關注。」

許先生說：「這你放心，某某原本就這樣說過，你以後的發展他也會看顧的。」

秦屯聽了立刻說：「那真是太感謝了。許先生，之前我跟您說過，只要我當上這個副書記，一定邀請您來我們海川做客，您看什麼時間過來啊？」

許先生遲疑了一下，說：「這個嘛，我最近事情很多，一時半會兒怕抽不出時間來。」

秦屯說：「許先生，您別這樣啊，我知道您很忙，可是當時您答應了，就過來吧，海川這個地方雖然不大，可是好玩的地方很多，您來了一定不會失望的。」

許先生是故意顯得很忙，見秦屯這麼盛意拳拳，便笑著說：「好吧，好吧，我讓我的助理看看，儘量抽出點時間去一趟海川。」

新機場項目正式得到了國家發改委的批准，標誌著新機場項目圓滿完成了前期籌備工作。

傅華將這一情況通知了蘇南，蘇南聽了，高興地說：「好哇，這個項目我們集團可以全面啓動了。」

傅華說：「那蘇董就趕緊著手吧，我等著你的好消息呢。」

「放心，這次我一定不會空手而回，一定會有好消息給你的。」蘇南很有信心地說。

徐正接到了發改委的正式批文，也很興奮，他等待這個好消息已經很久了，他希望趕緊啓動新機場項目，早點做出成績來，好改變省委書記郭奎前段時間因爲他跟孫永鬧矛盾而留下的不好的印象。

要早日啓動這個項目，下一步就是要進行招標程序，徐正想到了之前來他這裏做過工作的振東集團的蘇南和康盛集團的劉康，這兩個人是一定要通知的，不然的話，他們會對自己收了禮而不辦事有意見的。

徐正抓起了電話，先撥給了劉康。在他的潛意識中，感覺劉康一定會是兩人當中出價更高的那個，更何況，他心中還有一個關於劉康的不可告人的想法在，因此連想都沒想就第一個打給了劉康。

劉康接了電話，高興地說：「您好，徐市長，您打電話來是有什麼指示嗎？」

徐正說：「我哪裡敢指示您啊，是這樣，有件事情我想請教一下劉董。」

劉康笑笑說：「我可擔不起請教這兩個字，徐市長您有什麼問題就問吧，我是知無不言言無不盡的。」

徐正說：「一定是要請教的，是這麼個情況，我們海川要建設機場，現在項目已經發改委核准，我對這機場建設方面並不熟悉，就想到劉董曾經說過您集團旗下有一家機場建設公司，可能您在這方面很有經驗，想諮詢您一下有關問題。」

劉康笑笑說：「這個我還真是懂一點，您有什麼問題就問吧。」

徐正就泛泛的問了幾個問題，本來他就只是想借這個通知劉康，你要爭取新機場項目該做的動作可以做了，因此他問的都是很表面的東西，劉康就簡單給他做了解答。

徐正聽完，連聲感謝，說：「劉董這麼一說我就明白多了。」

劉康心裏明白徐正這是在通知自己後續事宜可以進行了，便笑笑說：「徐市長，既然您提起這件事情，我就問一下，你們這個新機場項目，我們康盛集團可不可以參與啊？」

徐正明知故問地說：「劉董對我們這個項目感興趣？」

劉康說：「當然了，您剛才不是說嗎，康盛集團也有一個機場建設公司，我們這個公司就是靠建設新機場吃飯的。」

徐正說：「貴集團如果想要參與，那真是太好不過了，我們這個新機場項目馬上就要展開招標程序了，我們這次準備向社會公開招標，歡迎貴集團加入競爭的行列啊。」

劉康笑笑說：「那太好了，幸虧徐市長您打電話來問我，讓我們有機會加入海川新機場項目的競爭行列中，謝謝您了，徐市長。」

徐正說：「謝什麼，我可跟你說，劉董，這一次參與競爭的大公司肯定不少，你們公司可不一定會得標啊。」

劉康聽了，說：「以我們公司的實力而言，我有信心拿下這個項目，到時候，我們集團會亮出實力，讓貴市選擇我們的。」

徐正笑說：「看來劉董是志在必得啊？那我可要拭目以待了。」

劉康笑笑說：「只要徐市長在發招標公告的時候通知我們一聲就好了，可不要故意忽略我們啊。」

徐正保證說：「放心吧，我們市裡自然是希望參與競爭的公司越多越好，那樣我們也可以得到一個合理的報價啊，到時候我會親自通知劉董的。」

劉康說：「那我先謝謝了。」

打完給劉康的電話，徐正這才撥電話給蘇南。

蘇南接通了電話，立刻說：「徐市長，我聽說新機場項目被發改委核准了？」

徐正心裏彆扭了一下，心說：這個蘇南好不懂事啊，你一來就說你聽說了，是不是顯得你消息靈通啊？你消息靈通我再通知你，不是就顯得我多餘了？

不過，徐正已經接受了蘇南的東西，自然不好將心裏的不滿顯露出來，便說：「看來蘇董已經從傅華那裏得到這個好消息了？」

這又是一個徐正對蘇南不滿的地方，他沒有忘記蘇南當初是傅華介紹自己認識的，傅華一再讓他心裏很不舒服，他對傅華的朋友自然沒有太多的好感。

蘇南不明白徐正心裏在想什麼，便說：「是啊，傅華跟我說起過這件事情。不知道貴市準備什麼時候開始發佈招標公告啊？」

徐正說：「現在發改委已經核准了，這一切就快了，我想很快就會發佈招標公告的。」

蘇南笑說：「那麻煩徐市長您到時候通知我們一聲，我們好及時參與。」

徐正說：「沒問題，我們歡迎各方有實力的公司參與競爭的行列。振東集團在業界內也是很有名氣的，我們更是歡迎了。」

蘇南感激地說：「那我就先謝謝徐市長了。」

徐正說：「蘇董客氣了，我們都是朋友，這點小事也是應該做的。」

徐正掛了電話，心中對蘇南這種強勢的作風越發不滿，什麼都主動發問，倒顯得自己打這個電話可有可無了。

這時候，徐正發現自己越來越反感蘇南這個人了，這傢伙，拿了一本不知真假的書法冊給我，就想做到對事情全面的掌控，是不是也太幼稚了。陶文打了電話又怎麼樣？陶文也是快過氣的人物了，你以爲他還是在程遠時期的陶文嗎？

徐正其實心裏並沒有拿陶文當回事，他已經想好了，如果蘇南落敗，他要如何跟陶文去解釋，反正最終是要經過專家評審才能決定哪一家公司得標的，就跟陶文說專家最後選擇了別的公司，想來陶文也是沒什麼話說的。

現在關鍵就是看看這蘇南之後會怎麼做吧，如果他能拿出比劉康更讓人動心的條件，那讓他得標也無所謂，畢竟在利益面前，總是要優先選擇價碼高的。可如果他繼續拿那些說不清價值的東西來糊弄自己，那對不起，只好請你出局了。

不過，暫時看來，蘇南這邊還是需要的，只有多幾家有實力的公司加入到競爭行列中，才會對真正志在必得的公司造成壓力，也才能讓他們提高對自己出價的砝碼。

鷸蚌相爭，漁翁才能得到更大的利益。徐正心裏暗自好笑，蘇南啊，劉康啊，你們一個個都富得流油，也是該分一點給我徐正了。

許先生在商人唐昌的陪同下來到了海川。

這個唐昌是一個五十多歲的中年男人，海川人，在北京經商多年，生意做得算是不大不小，因此跟海川和北京都搭得上關係，秦屯認識許先生就是唐昌從中牽線的。

唐昌的生意雖然做得不是很大，卻因爲身在北京的關係，在海川似乎很是一個人物，說起來那可是在北京做生意的人，地方上的官員們自然高看一眼。

秦屯也是這樣，他在一個政商聯誼的場合中認識了唐昌，就把唐昌當做了一個很有用的朋友來交往。

唐昌跟秦屯吃飯時，談到他認識一個許先生，認識中央的某某領導。原本只是酒席間吹噓的一句閒話，唐昌只是想借此向秦屯表明自己在北京人脈的廣泛。

可是說者無心，聽者有意。秦屯一下子就聽到心裏去了，因此趕忙拜託唐昌引薦自己認識這個許先生，鬧得唐昌騎虎難下。

他本來就是吹噓一下，並不知道這個許先生其實究竟認不認識某某，他待在北京有一段時間了，知道北京像許先生這種說自己認識某某的人簡直太多了，多數都是吹噓而已，真假難辨。現在家鄉的父母官說要認識許先生，他不好得罪，只好介紹兩人相識了。

幸好許先生排場不是一般的大，秦屯一見之下，就奉爲神明，相信得不得了，唐昌這才覺得交了差。

這一次據秦屯說，他當上市委副書記，在許先生那裏很是得到了幫助，秦屯因爲邀請許先生到海川來玩，許先生雖然答應了，卻遲遲不肯成行，就要求唐昌一定要想辦法邀請許先生到海川來玩一趟，他要好好謝謝許先生和唐昌。

唐昌本是無心插柳，現在卻柳蔭了秦屯，讓他成爲了市委副書記，自然不肯放過這個領功的機會，就找到了許先生，說秦副書記盛情難卻，堅持要陪許先生一起去一趟海川。

許先生之所以拖延不肯馬上去海川，本來就是爲了顯示自己身分的重要和事務的繁忙，現在唐昌被秦屯派上門來邀請自己，樂得就坡下驢，便答應了下來。

在機場，秦屯派的車將唐昌和許先生接到了海川大酒店住了下來，臨近晚飯時分，秦屯忙完手頭的事，就趕忙到海川大酒店，找到了許先生和唐昌。

一見面，秦屯便對許先生連連作揖，說道：「怠慢，怠慢，小弟我今天實在走不開，沒到機場迎接許先生和唐總，真是抱歉。」

許先生笑笑說：「秦副書記公務繁忙，難以脫身也很正常。我和唐總都理解，不必有什麼歉意了。」

秦屯說：「真是雜事太多。誒，兩位覺得這海川大酒店還行嗎？您知道我們這兒不比北京，這裏已經是條件最好的酒店了。」

許先生笑笑說：「挺好的，各方面條件還可以。」

秦屯說：「許先生這麼說我就放心了，兩位在這酒店盡可以隨意，酒店方面我已經交代了，兩位是我的貴客，一切都由我負責。」

「秦副書記真是想得太周到了。」許先生說。

秦屯立刻說：「應該的，要不是認識兩位，我秦屯現在還是一個排名靠後、不上數的副市長，這個副書記根本當不上。這我要特別感謝許先生，能夠認識你，是我三生有幸啊。」

許先生心裏暗自好笑，這傻瓜還不知道我是在騙他呢，不過，他遇到我也真是三生有幸，雖然我沒真的去找某某，可要不是我點撥他去省裏找人，他也當不上這個副書記，所以受他一點感謝還是應該的。

許先生便說：「秦副書記，你不要這麼講，不是我幫了你的忙，是某某在幫你的忙。」

秦屯說：「我知道，我知道，不過，沒有你跟某某去說，某某也不會幫我說話的，歸根結底還是應該感謝你的。誒，我當上副書記這件事情，您跟某某說過了嗎？」

許先生笑笑說：「說過了，你讓我去說我能不說嗎？你交代的要謝謝某某的話，我都跟某某說過了，某某聽了很高興，說這個秦屯不錯，知道感恩，做這個副書記有點屈才了，等再有機會，一定要把他選拔到更重要的領導崗位上去。」

秦屯眼睛放光了，這雖然只是一句惠而不費的空話，可著實讓秦屯心裏興奮不已，彷彿更高的職位已經向他招手了。在他心目中，這個副書記不應該是自己的仕途終點，他期待自己能做到更高的位置上去，有了某某的支持，做到省級領導也是很有可能的，甚至將來說不定有一天有可能取代郭奎的位置，做到省委書記呢。

他驚喜地說：「真的嗎，某某真這麼說？」

許先生心說：這傢伙還真是好騙，便點了點頭，說：「是的，某某真的這麼說的。好好幹吧，秦副書記，你幹出成績來，某某幫你說話也更容易是吧？」

秦屯興奮的說：「是，是，我會努力做出成績來，不讓某某他老人家失望的。」

許先生說：「說到這裏，我有件事要交代你們二位。」

秦屯問說：「什麼事啊，許先生您儘管交代。」

許先生神秘地說：「我認識某某這件事情，希望兩位要保密，某某日理萬機，本來是沒有時間來管像你們這些基層的小事的，只是迫於我的面子和秦副書記的盛情，不得不出手。如果再有人來找我要去找某某，我就很爲難了，我總不能一而再的去麻煩某某吧?再說，如果傳出去是某某出手幫忙秦書記的，對某某的聲望也是有很大影響的，這個還希望兩位能夠理解。」

唐昌聽了立刻說：「對，許先生說得很對，這個是應該保密的。」

秦屯也說：「我明白，我不會再對別人講這件事情的。」

許先生便說：「兩位理解就好。」

談到這裏，秦屯看看時間，說：「該吃晚飯了，我已經交代酒店讓他們好好準備一下，不過許先生，我們這裏可沒有道地的上海本幫菜可吃，沒辦法給你安排了。」

許先生笑了笑，說：「秦副書記真是客氣了，我無所謂的，我還正想嘗一嘗你們海川這裏有名的東海菜呢。」

秦屯說：「那就好，我們就下去吧。」

於是秦屯就領著許先生和唐昌到了下面的餐廳，海川大酒店對這個新科的副書記自然是不敢怠慢，這一桌酒席自然是極力奉承，龍蝦、魚翅、海參、燕窩都上了，自然他們做的手法和功力比起北京的大廚們還是稍遜一籌，口感上還是差了一點。

席間還開了奇瓦士，秦屯親自給許先生和唐昌倒滿酒，然後端起酒杯，對許先生說：「首先歡迎許先生到我們海川來做客，我們這小地方沒什麼好東西，希望許先生不要嫌怠慢。」

許先生笑笑說：「已經很不錯了。」

秦屯說：「既然許先生不嫌棄，那我們就把這杯乾了吧。」

許先生就和秦屯碰了碰杯，兩人一起乾了。

放下杯子，秦屯拿起筷子說：「來來，吃菜，吃菜。」

許先生就開始吃菜，服務小姐又過來給他們滿上了酒。吃了一會兒菜，秦屯再次端起了酒杯，說：「別的感謝話我就不說了，我明白，沒有許先生，就沒有今天的我，我當這個副書記，實際上就和許先生當這個副書記是一樣的。今後徐先生如果在海川有什麼事情就來找我，我一定竭盡全力給您辦好。來，我們乾杯。」

許先生笑了，說：「秦副書記真是仗義啊，好漢子，這一杯我跟你喝。」

兩人再次碰了杯，又是一飲而盡。

秦屯又感謝了唐昌，兩人乾了一杯。許先生和唐昌又回敬了幾杯，滿桌的人都是心情愉快，不知不覺之間都有了些醉意。

酒宴結束時，已經將近十點鐘了，許先生、唐昌和秦屯都喝得東倒西歪，站都站不穩了。

秦屯笑說：「天下無不散的筵席，許先生和唐總遠道而來很辛苦，早點回去休息吧。」

許先生大著舌頭說：「那不行，我先送送秦副書記，再回去休息。」

秦屯笑了，說：「許先生喝多了，海川這裏我才是主人，應該我送你回房間才對。」

許先生指著秦屯說：「秦副書記，我覺得你才喝多了吧。我住在這個酒店，相應來說，我才是這裏的主人，我送你是應該的。」

秦屯說：「對啊，許先生住在這裏，這裏就應該是你的地盤啊，我真是喝多了。」

許先生說：「走，我送你離開。」

許先生和唐昌就陪著秦屯走出了雅間，將他送到了酒店門口。

出了酒店大門，秦屯被風一吹，酒醒了些，一拍腦門，說：「我這是辦得什麼事啊？許先生是我專門請來的貴客，怎麼還敢勞煩你出來送我，不應該，不應該，走，許先生，我送你回房間。」

許先生還醉意朦朧，說：「不對，我們剛才說了這裏我是主人，該我送你，秦副書記，你上車，上車。」

秦屯也是酒後上來倔勁了，說：「這哪裡行啊？這不是對許先生你不夠尊重嗎？不行，我一定要送許先生回房間。」

兩人互不相讓，就在酒店門前你拉我我推你的，互不相讓，好半天搞不清楚究竟是誰應該送誰。

最終，在唐昌的勸解下，許先生總算接受讓秦屯送他回房間，這場爭執才算有了一個結果。

這場鬧劇看在酒店門口一輛車子當中的一個人眼中，他有些奇怪的看著這一場景，心說秦屯這麼巴結的人是誰啊？怎麼從來沒聽說海川還有這麼一號人物？

這個人就是海川農業局的副局長田海，他晚上在海川大酒店宴客，剛將客人送走，打開車門上了車準備要走，就看到新任的海川市委副書記秦屯被人從酒店裏送了出來，就想等秦屯先走了自己再走，避免見了面還要跟秦屯打招呼。

他在海川政壇是屬於邊緣性的人物，他是認識秦屯，可秦屯不一定認識他，這種狀況之下，他跟人家打招呼，人家還不一定搭理他；可是見了不打招呼，又怕被秦屯認出來，索性就回避見面好啦。

本來田海以為這一次又不知道是誰請秦屯的客，所以才會送秦屯出來，沒想到完全不是他想的那樣，倒好像是秦屯請的客；而且這客人似乎還很受秦屯尊重，秦屯非要堅持將客人送回房間。

不過這個客人旁邊的那位，田海倒是認識，那人是唐昌，算起來，田海和他多少還帶點拐彎抹角的親戚關係，不算實親，因此並不是很親近，只知道唐昌現在在北京做生意，家安在北京，父母都帶了過去，海川這邊基本上沒什麼家人了，不過有時候會回海川來，參加一些海川市舉辦的招商聯誼活動。

通常他回來都會跟田海碰碰面，吃頓飯什麼的，畢竟兩人還算有點親戚關係，而且田海還擔任著一個不大不小的官，多多少少在海川還有點人脈，請客吃飯的能力還有。

秦屯將兩人送了進去之後，就見秦屯自己出來上了車離開了，而唐昌並沒有再出來，看來唐昌住在海川大酒店。田海心中就有些不滿，這個唐昌也是的，回海川也不跟自己打聲招呼，實在是不應該啊。

田海當時就想打電話給唐昌，不過，看上去唐昌已經喝得很多了，他不想跟一個醉漢去交涉，就打消了馬上打電話的念頭，想著等隔天上午再說吧，就發動車子回家了。

第二天上午，田海撥通了唐昌的電話，唐昌接通了。

田海開口就責備說：「表哥，你怎麼回海川也不跟我說一聲啊？」

唐昌剛醒過來，頭痛得要命，說：「哦，是田海啊，咦，你怎麼知道我回來了？」

田海說：「我在海川大酒店看到你了，你說我怎麼知道的。」

唐昌笑笑說：「不好意思啊，我這次是陪一個貴客回來的，那個貴客行程定得很匆忙，所以我就沒跟你說。」

田海說：「你說的貴客，就是昨晚跟你一起出來送秦屯的那個人吧？」

唐昌笑笑說：「這你也看到了？對對，就是那個人。」

田海問：「那個人什麼來歷啊？我怎麼看秦屯對他很是尊重的樣子。」

唐昌說：「說起這個人就不簡單了，三句話兩句話說不清楚的。」

田海笑說：「表哥你不是吧，跟我還要賣關子？」

唐昌說：「我跟你賣什麼關子啊，真的是一兩句話說不清楚，電話上說也不方便，你有沒有時間啊？」

田海說：「我今天倒沒安排什麼事，你要做什麼？」

「你過來吧，我詳細告訴你這個人的情況，我們兄弟也有好長時間沒見面了，見個面，一塊吃頓飯吧。」唐昌說道。

接著，就把自己的房號報給田海，田海說：「好啊，我馬上過去。」

過了一會兒，田海就到了海川大酒店。唐昌已經泡了茶在喝茶，見了田海，握了握手，也給他泡了一杯茶，兩人就坐到一起開始聊天。

田海對許先生很感興趣，在相互問候了對方家人狀況之後，就問道：「表哥，說說你這次是帶了一個什麼樣的貴客回來啊？」

唐昌笑說：「這可是一位了不得的人物，不過，這是我們兄弟自己關起門來說的話，可不能向外人說啊。」

田海越發好奇了，問道：「好了，你趕緊說吧，到底是什麼人啊？」

唐昌說：「你知道這次爲什麼你們的秦副書記一定要邀請我陪同這個許先生來海川嗎？」

「爲什麼啊？」田海問。

唐昌說：「這是因爲秦副書記這一次之所以能夠升任副書記，都是這個許先生的功勞。」

田海驚訝的說：「這麼厲害？他怎麼做到的？」

唐昌笑笑說：「人家認識一個了不得的人物，這個人物別說讓秦屯做市委副書記了，就是想讓他做省委副書記也不是不可能的。」

田海更加驚訝了，問：「誰啊，這麼厲害？除非這個人物是中央領導。」

唐昌得意地笑說：「別說，叫你猜對了，就是中央的某某領導。」

田海倒抽了一口涼氣，某某的大名可是在神州如雷貫耳的，這個人確實有唐昌所說的能力。

田海不相信的搖了搖頭說：「不會吧？某某肯管這種小事？不會是騙人的吧？」

唐昌笑笑說：「一開始我也不相信，當初我也是無心在秦副書記面前吹了個牛，說出了這個許先生認識某某的事情，結果秦副書記就找上了他，再後來你就知道了。」

田海說：「看來這許先生認識某某是真的了，真想不到，某某也不像外面傳說的那麼廉潔啊。」

唐昌笑笑說：「臺面上大家都在說自己廉潔，可真正能做到的有幾個啊？」

田海說：「可他也不需要出來管這種小事啊？」

唐昌笑了，說：「我們不要去揣測他們了，他們的想法我們猜不到的。老弟，說說你最近的情況吧，還在農業局當你的副局長啊？」

田海無奈地說：「不然怎麼樣，你是知道我的，我這個人很老實沒用，不會巴結什麼人，這個副局長還是這麼多年辛辛苦苦熬資歷熬上來的。」

唐昌笑笑說：「你這樣下去不行啊，熬資歷怕是熬不成一個局長的。」

田海說：「我也知道，可是我也沒什麼門路，就是想送禮，也是拿著豬頭找不到廟門的。」

唐昌看了看田海，說：「想不想我幫你一把？」

田海愣了一下，說：「不要了吧，就爲了我當這個局長去驚動某某，太小題大做了。再說，如果某某真是那麼個人，這要去送多少禮啊？我雖然做副局長這麼多年，可農業局是一個窮地方，我分管的部分又沒什麼油水，手頭沒幾個錢的。拿出來估計還不夠給某某塞牙縫的。」

唐昌笑了，說：「老弟啊，你這點事情當然不用去驚動某某了。你這點事情在下面許先生就給你辦了。」

田海好奇說：「他怎麼辦？」

唐昌說：「簡單，讓他幫你跟秦屯打個招呼不就行了嗎？你不知道昨晚喝酒的時候秦屯說過什麼，他說他當這個副書記跟許先生當是一樣的，所以讓許先生跟他說一聲這件事情，我想他一定會幫你辦的。」

田海看了看唐昌，說：「能行嗎？我可從來沒爲了當官的事情去找過人。」

唐昌鼓勵他說：「哎呀，我說你怎麼這麼多年都不能進步呢？早幾年不就有人說了嗎，不跑不送，原地不動；只跑不送，暫緩使用；又跑又送，提拔重用。你怎麼還是不開竅呢？這一次是我恰好有這麼個機會在這裏，我們都是親戚，想要幫你一把，起碼也讓你混個局長身分退休是吧？」

田海聽了有些心動，便說：「他真的能做到讓我當上局長？」

唐昌說：「能不能我也不好說，一會兒我領你見見這位許先生，還不知道他答不答應幫你這個忙呢。」

田海說：「行，你領我見一下他吧。」

唐昌就撥通了許先生的房間電話，許先生接了，唐昌便問：「許先生，起床了嗎？」

許先生說：「起來了，哎呀，差一點起不來了，昨晚這酒喝得真是的，這秦副書記太熱情了，受不了。」

唐昌笑笑說：「我也是喝多了，頭痛得要命。」

許先生說：「幸好今天秦副書記上午不過來，不然的話，還不知道怎麼去見他呢。你打電話過來有事嗎？」

唐昌笑笑說：「是這樣，我一個親戚過來了，他是海川農業局的副局長，想見見許先生。」

許先生遲疑了一下，說：「你不會是跟他說了我認識某某的事情了吧？哎呀，我不是說不讓你再跟別人說了嗎？」

唐昌趕緊說：「許先生你別急啊，我沒跟他說那件事情。」

許先生說：「沒說最好啦，那你這個親戚想見我幹什麼？」

唐昌笑笑說：「也沒什麼事，他就是想見見許先生。」

許先生心裏暗自好笑，他之所以讓秦屯和唐昌不要到處說他認識某某，實際上是想故意製造一種神秘感出來，這世界上，人的好奇心是很強大的，越是不想讓他知道的，他越是想要知道，但只要他想方設法知道了，那就意味著他上當的時刻到了。

其實假裝跟上層的某位領導有關係，是古已有之的行騙手法，許先生是在一些明清的筆記小說中看到了一些前輩高賢記錄下來的豐功偉業，明白了其中的訣竅，很快就把這種手法運用得出神入化，成爲了他自己謀生的手段。

這也印證了古人的另一句話，「書中自有黃金屋，書中自有顏如玉，書中自有千鐘粟。」關鍵就在於看書的人是怎麼看書中的內容的。愚笨的人可能看一輩子書都不知道應該從中學習什麼，而聰明如許先生這樣的，一眼就從書中看到了這種高妙的訣竅，從而得以在北京五星級酒店住著，寶馬轎車開著，嫩俏的美女摟著，享盡了榮華富貴。

這種手法屢屢得手，完全是因爲人們對權力的膜拜和迷信，他們相信只要找到某位高層領導，困惑他們的某些困難就會迎刃而解。

而這種騙子把戲似乎看上去一戳就破，實際上卻大大不然，就像許先生自己宣稱認識的某某，位高權重，深居大內，平常人想見都是難以見到的，更別說向他查證是否認識自己，所以這實在是一個再安全不過的把戲了。他就是憑著這一點在北京吃香喝辣這麼多年，竟然沒有一個人敢質疑自己。

有時候許先生自己想想都覺得好笑，這世界上的傻瓜原來這麼多啊，就連平常那些看上去高高在上，如果自己亮出真正的身分、看都不會看一眼的那種高官，也如蒼蠅逐臭一般的圍著自己轉來轉去，乞求自己幫他們達到升官發財的美夢，豈不知自己就是借助這些人的愚蠢，才完成了發財的美夢。

唐昌說他有親戚要見自己，許先生便知道又有一隻蒼蠅飛過來了，那我就好好招待你一下吧。便笑了笑說：「既然是你的親戚，就見見吧。你們過來吧。」

唐昌掛了電話，趕忙囑咐田海說：「千萬記住，不要在許先生面前提及我跟你說他認識某某的事情，他不喜歡外人知道的。」

田海點頭答應了。

表面功夫

傳華說：

「那些都是表面功夫，我們這些做官的，表面功夫是必修課。徐正這個人絕對不可信，如果這一次你真的想拿下這個項目，我覺得你應該出一個徐正不可能拒絕的條件，否則，那就等著失敗吧。」

唐昌帶著田海去敲許先生房間的門，許先生開了門，房間裏一股濃郁的雪茄味，田海看到許先生手裏正拿著一根點燃了的雪茄。

許先生將兩人讓進了屋裏坐下，然後打開雪茄盒，說：「兩位抽不抽雪茄？」

唐昌和田海都搖了搖頭。

許先生說：「這盒雪茄是古巴哈瓦那出產，是朋友幫我從古巴大使館弄來的，味道很正宗，我尤其喜歡在宿醉後的早上抽，頭痛很快就會好的，唐總，你真的不試一根？」

唐昌笑笑說：「我可不敢，我怕抽了頭更痛了。」

許先生便合上了雪茄盒，笑笑說：「那兩位不介意我抽吧？」

田海和唐昌都說不介意。

許先生就指了指田海，說：「唐總，這位就是你的親戚？」

唐昌說：「對，這是我的表弟田海，海川農業局的副局長。」

許先生跟田海握了握手，說：「你好，很高興認識你。」

田海也問候了許先生好。

許先生說：「唐總，你這位親戚不錯啊，海川農業局副局長，級別不低啊，副縣級的吧？」

田海笑笑說：「什麼不錯啊，許先生有所不知，我們農業局就是一個清水衙門，我又是一個副職，真的很難說什麼不錯。」

許先生說：「田副局長不要不滿足了，你看你多好，不用幹活都有工資拿，出門有車，吃飯都在酒店，已經很好啦。哪像我們這些商人，手停口停，每天四處奔波，就是爲了一口飯而已。」

田海說：「飯和飯還不一樣呢，我如果能像許先生賺到這樣，我也會滿足的。」

許先生笑笑說：「一家有一家的苦，不在其中不知其味。」

唐昌對許先生說：「是啊，都有各自的難處。我這個表弟早就成了副局長，可是這麼多年仕途蹉跎，還是一個敬陪末座的副局長而已。他今天跟我聊起這個來，我都覺得可憐。許先生，你看能不能拉他一把啊？」

許先生臉色一下子沉了下來，不滿地看了唐昌一眼，說：「唐總啊，我不是跟你說了，不要跟人說我認識某某了嗎？」

唐昌愣了一下，說：「我沒說啊。」

許先生說：「你沒說，我一個商人而已，又不是職業掮客，你沒說，會讓我拉你表弟一把？我憑什麼啊。」

唐昌尷尬地乾笑了一下，辯解說：「沒有啦，許先生，我表弟問我這次來海川做什麼，我就跟他說你是秦副書記請來的客人，他就想讓你跟秦副書記推薦一下，真的沒提你跟某某之間的關係。」

許先生借題發揮，只是要故意說出他跟某某之間的關係而已，聽唐昌這麼說，臉上露出了不好意思的神情，說：「那是我誤會你了，對不起啊，唐總。你知道，某某很是忌諱我拿他的名字出來招搖，我對此就有些敏感。」

唐昌笑笑說：「沒事啦，我能理解的。」

許先生又看了看田海，說：「抱歉了，田副局長，不該讓你看我發火的。」

田海笑笑說：「沒關係的。」

許先生又接著說：「現在這件事情又被我說了出來，真是不應該，還要拜託田副局長給我保密啊。」

田海立刻說：「好的，你放心，許先生，我不會把這件事情再對外人說的。」

許先生說：「我相信你是一個口風緊的人。」

唐昌說：「那我剛才說的請你拉我這個老弟一把，許先生意下如何啊？」

許先生臉上露出了爲難之色，說：「這不好的，某某常說我們這些他身邊的人，不要去參與到政治當中去，會給他造成不好的影響。」

唐昌陪笑著說：「這件事情不需要驚動某某他老人家的，只要徐先生私下跟秦副書記打個招呼，讓秦副書記在我老弟的提拔任用上費費心，事情不就辦成了嗎？」

許先生看了看田海，他可以從田海的眼神當中看到田海期望自己能答應下來，就目前的形勢來看，他也有把握，只要自己向秦屯提出這個要求，秦屯一定會盡力辦成這個事情的。不過，他並不想這麼輕易就答應唐昌，太容易了會影響自己要價的能力的。

許先生搖了搖頭，說：「事情哪裡會這麼簡單？你以為秦副書記什麼都會聽我的嗎？」

唐昌笑笑說：「許先生，你這就不實在了，我清清楚楚記得秦副書記跟你是怎麼說的，他說他當這個副書記跟你當是一樣的，他都這樣說了，你跟他說句話應該不費什麼事吧？」

許先生笑說：「那只是秦副書記酒後一時衝動說的話，很難當真的。我如果真的拿這個當真了，答應了你，回頭他再拒絕我，我就不好說話了。」

唐昌看了一眼許先生，心裏邊有些不高興，心說：你跟秦屯究竟是什麼關係難道我不清楚嗎？就衝著某某，秦屯也是不敢拒絕你的。他很想質問許先生，可是如果真要質問的話，就會把許先生利用某某為秦屯謀官的事情說出來，這可不合適。

田海見許先生似乎是很為難，他還是第一次做這種事情，本來就有些心虛，要不是唐昌鼓動他，他可能根本就不會來的，現在見到這種狀況，心裏就打了退堂鼓。

田海看了一眼唐昌，說：「表哥，我們不要爲難許先生了，其實我做這個副局長也算可以了，比上不足，比下有餘。」

唐昌心裏越發彆扭，是他鼓動田海來找許先生，滿心以爲許先生會看在自己給他和秦屯牽線的面子上，幫自己的表弟一把，沒想到這個許先生根本就沒拿他當回事看，讓唐昌有點下不來台。

唐昌看著許先生，說：「許先生，我可是專程陪你來海川的，我表弟這麼件小事情你都不幫忙，有點說不過去吧？」

許先生看出田海已經有退意了，這可不行，原本他是想故作姿態好提高要價，可不是想把對方嚇走的，見唐昌這麼說，正好借坡下驢，趕忙笑著說：

「唐總啊，我不是不想幫忙，這個忙要幫也可以，只是……」

許先生吞吞吐吐，沒有說出下文來，田海雖然老實，可是也是在官場上歷練過這麼多年的人了，人情世故還是懂一點的，便笑笑說：

「許先生如果是需要什麼費用的話，大可以明說。」

許先生便說：「我想你們也明白現在這個社會，什麼都是需要用利益去交換的。我不怕跟你們實說，秦屯跟我說那樣的話，是因爲他用某種利益從我那裏換得了他想要的好處，現在反過來我要去求他幫我辦事，怕是我也需要付出某種代價。人都是這麼現實的。」

唐昌說：「這個是應該的，再說，我們也不想許先生白跑腿的。」

田海此刻對許先生已經是深信不疑，見許先生鬆口了，趕忙說：「對對，許先生，你放心，該有的費用由我來承擔。」

許先生便說：「兩位能理解我就好，這不是我想要的，是秦副書記要的，其實不是我要在這其中賺點什麼，實話說，我也看不上這點小錢，不過，我也不能往上貼錢是吧？」

田海說：「當然不能，這應該由我來出，不知道需要多少？」

許先生笑笑說：「還不知道田副局長想要秦副書記幫你做什麼呢？也不知道秦副書記能不能達到你的期望。」

田海就說：「我這個副局長也做了很多年了，很想轉正，或者是把我調到一個好一點的局去，讓我管點事，我們農業局真的是太清水衙門了。」

許先生笑笑說：「這個要求我想秦副書記倒是能做到，這樣吧，看在唐總面子上，你拿十萬出來做費用，我幫你達成這個心願。」

十萬塊對田海來說倒不是一個太大的數字，如果真的能讓他轉正，也是一筆划算的買賣。

田海便說：「行，回頭我就把錢帶給你。」

許先生笑了，這個傻瓜又送了一筆收入來，看來這趟海川真是沒白來。

傍晚，秦屯再次來到了許先生的房間，笑著說：「許先生，晚上我帶你們去一個好地方玩。」

許先生問道：「什麼地方啊？」

秦屯說：「一個休閒山莊，很好玩的，裏面有很多男人們喜歡玩的東西。」

許先生笑了，說：「那可要跟秦副書記去見識一下了。」

「唐總呢？」秦屯問道。

許先生說：「上午唐總的表弟過來了，我們一起喝了幾杯，估計他現在在房間裏休息呢。」

秦屯說：「打電話把他叫過來，我們好出發。」

許先生說：「先別急，我有件事情想跟秦副書記說一下。唐總的表弟，秦副書記認識吧？」

秦屯想了想說：「沒怎麼見過，倒是有一次聽唐總提起過，他有個表弟在農業局做副局長。」

許先生說：「對對，就是這個人，他今天來，說有點想往上升的意思，唐總就托我問一下秦副書記，看能不能幫他一下。」

秦屯看了看許先生，說：「要提拔一個人可是要牽涉到許多方面，不是那麼容易的。」

許先生笑笑說：「我知道不好辦，可是唐總的面子總要賣一點的，你是不是幫他想辦法提一下？」

秦屯笑說：「這件事情別人提出來是斷然不能辦的，可許先生提出來就不同了，我想想辦法吧。」

許先生說：「那我就替唐總先謝謝秦副書記了。」

秦屯說：「不用客氣，我幫許先生辦事也是應該的。誒，許先生，這件事情辦是能辦，不過，可不能白辦，他們有沒有說要給你些費用啊？」

許先生笑笑說：「唐總跟我很熟了，我不太好意思跟他們要費用，不過，他們說會拿出個三萬五萬做我跑腿的費用。」

秦屯看了看許先生，說：「那可是太便宜他們了，現在要想做個正局長，起碼還不得出個二十萬塊啊，不行，許先生，你的要價太低了。」

許先生心說這傢伙下手比我更狠，笑了笑說：「我這是幫朋友忙，不好太過於提錢的事，這一次你就當是幫我的忙，幫他們辦成了吧。」

秦屯笑笑說：「許先生你真是仗義，爲了朋友居然可以做到這一點，不錯，好啦，這件事情我幫你了，唐總的表弟叫什麼名字啊？」

許先生說：「叫田海。」

秦屯把名字記下了，說：「這件事情需要等機會，我會幫他留意的。把唐總叫過來吧。」

許先生就打了電話讓唐昌過來，過了一會兒，唐昌就到了許先生的房間來。一進門，秦屯就說：「唐總，你表弟的事情許先生跟我說了，你放心吧，這件事情我會幫他留意的。」

唐昌高興地說：「那真是謝謝秦副書記了。」

秦屯說：「別謝我，要謝就謝許先生，按說這種違背原則的事情，我一般是不辦的，但許先生提出來，我就不好拒絕了。」

唐昌就又對許先生表示了感謝，兩人又互相客套了一番。

秦屯又說：「好啦，今晚我們不在酒店吃飯，我訂了一個好地方，我們一起去放鬆一下。走，我們出發吧。」

秦屯就帶著徐先生和唐昌出了酒店，去了海盛山莊。

一進山莊的大門，便聽到此起彼伏的狼犬的吼叫聲，許先生說：「這個地方環境倒不錯，可是爲什麼養這麼多狼犬呢？有點嚇人了。」

秦屯也不知道鄭勝爲什麼突然添置這麼多狼犬在山莊裏，以前並沒有這些，不知道怎麼了，山莊戒備變得森嚴了起來，不但增加了保安，還添了許多的狼犬。

秦屯笑說：「許先生放心，這批狼犬是這裏安保設施之一，是保護客人的。」

鄭勝並沒有對外面的人說過，他在情人小娟那裏被吳雯的人恐嚇了的事情，因此秦屯並不知道其中的內情。

自那晚被恐嚇以後，鄭勝夜晚再也不敢留宿在外面，即使回山莊，他也睡不安穩，深怕吳雯的人深夜再摸到他的床邊來，最後他購買了一批正宗的德國狼犬，夜晚只要有風吹草動，這批狼犬就會大叫起來，這樣鄭勝才能放心地睡個踏實覺。

在山莊的正門前，鄭勝已經等在那裏了，幫秦屯開了車門，秦屯笑著說：「這怎麼好勞煩鄭總給我開車門呢？」

鄭勝說：「您秦副書記大駕光臨，我這個小小山莊可是蓬華生輝啊，給您開車門那真是太應該了。」

現在鄭勝和秦屯之間的關係發生了微妙的變化，鄭勝被教訓了之後，在海川商場上收斂了很多，尤其是對吳雯的海雯置業退避三舍；而秦屯是新科的市委副書記，正處於上升勢頭，此消彼長，鄭勝自然對秦屯更加客氣了。

秦屯說：「鄭總真會說話，來，我給你介紹，這兩位是我北京來的貴客，這位是許先生，這位是唐昌唐總，今晚你可要給我招待好啊。」

鄭勝跟許先生和唐昌握手，熱情地說：「放心吧，到我這裏來的客人沒有說不好的。秦副書記的貴客就是我的貴客，兩位在這裏有什麼需要儘管跟我說，我保證讓兩位滿意。」

秦屯笑笑說：「好了鄭總，不要囉嗦了，趕緊先吃飯，吃完飯好進行下面的節目。」

鄭勝就領著一行人進了餐廳，飯菜是早就準備好的，極爲豐盛，不過秦屯意不在此，匆匆領著許先生和唐昌吃了一點，就結束了這場晚宴。

晚宴結束，秦屯看了看鄭勝，問道：「你都準備好了？」

鄭勝笑笑說：「都準備好了，就請各位跟我來吧。」

秦屯等人就跟著鄭勝進了一個很大的豪華包廂，牆壁上的油畫曖昧且充滿了春情，秦屯笑著對許先生說：「許先生，我們先洗個澡，徹底放鬆一下吧？」

許先生笑笑說：「來到這裏，自然是一切聽從秦副書記的安排了。」

眾人就換了浴衣，跟著鄭勝去了二樓的浴廳，眾人在池子裏泡了一會兒，鄭勝就叫來專門的搓澡師傅，爲他們連搓帶按摩的，好一番折騰。

折騰完之後，眾人看看別人再看看自己，都是一身紅通通的，不過都覺得洗透了，每個毛孔都透著清爽，渾身輕飄飄的。

鄭勝便說：「走，我帶你們去休息一下。」就帶他們去了按摩的雅間，說：「這裏是每人一間，我都安排好了。」

許先生進了雅間，雅間裝修的很豪華，跟前面的包廂基本上是一個風格，剛洗完澡的他有些疲憊，就去床上躺了下來，迷迷糊糊正要睡著，一個身穿粉紅色輕薄旗袍的白人女郎悄然無聲地走了進來，金髮碧眼，長長的睫毛猶如洋娃娃一樣。

女郎很年輕，就是二十歲左右的樣子，身材高挑，前凸後鼓，滿臉媚笑，走到許先生面前，銀鈴般的聲音問候道：「hello。」

饒是許先生這些年見多識廣，這個洋妞的出現仍然讓他有些驚奇，這裏不比北京、上海那些大都會城市，大都會五光十色、千奇百怪，出現洋妞不令人奇怪，這裏不過是東海省的一個中等城市，竟然也會有洋妞出現，看來這些基層的人也沒有少享豔福啊。

許先生心裏跳跳的，暗自感謝秦屯對他的豐盛招待，他自然不是什麼正人君子，點點頭也說了一句hello，順勢就拉住了洋妞的小手。

年輕女人的手就是柔軟，滑膩無骨，徐先生忍不住咽了一口口水，另一隻手就摸向了洋妞開叉很高的旗袍下面露出的雪白光滑的大腿。

洋妞嗯哼了一聲，身子好像站不穩一樣，乖巧的倒在了許先生的懷抱裏，眼神曖昧迷離，手順著許先生的身體向下游去，抓住了許先生那兒，反覆揉搓起來。

許先生頓時心旌神搖起來，三下兩下就將洋妞身上的旗袍褪了下去，一片刺目的雪白，白色人種就是不同於亞洲人種，這種白猶如一片白雪，許先生感覺渾身有一種說不出來的興奮，忍不住想要在這雪地之上狠狠的撒點野，他的身子就向洋妞壓了過去。

過後，洋妞悄然的離開了，許先生躺在床上，恍如自己就在一場夢中。

當年他初中都沒畢業，就念不下去了，在他的堅持下，父母同意他退學回家，當時做農民的父親說他沒讀好書，這一輩子都沒出息了。現在可好，父親敬若神明的高官在自己面前俯首貼耳，自己吃著父親一輩子享受不到的美酒佳餚，睡著父親看都沒看到的美女洋妞，不知道父親看到自己今天這種場面該怎麼想啊？他還會不會說自己沒出息呢？

徐先生愜意的笑了起來，這個時代真不是一般的好哇！

從包廂出來時，許先生看到秦屯和唐昌、鄭勝已經等在那裏了，便說：「不好意思，小睡了一會兒。」

秦屯笑笑說：「沒事的，我們也剛出來。」

秦屯就載著許先生和唐昌離開了，許先生看著車窗外的黑夜，那麼寧靜平和，卻有如深不見底的深淵，不知道有多少人在這黑夜中像自己一樣，滿足了不可告人的欲望呢。

接下來幾天，秦屯並沒有陪同在許先生身邊，他安排了市委一個副秘書長陪同許先生在海川玩了幾處著名的景點，最後在許先生離開的前夜，秦屯再次出面爲許先生餞了別。

許先生很高興的離開了海川，他這次算是收穫頗豐，玩了一趟不說，還拿到了田海送給他的十萬塊。

海川市成立了新機場建設指揮部，市長徐正擔任了總指揮，新機場項目正式啓動，很快，新機場總體規劃通過了專家初審，新機場建設指揮部便向全國發佈了招標公告，招標活動正式開始。

振東集團和康盛集團都先後買了招標書，開始研究招標和準備投標的文件。

北京，昌平，射擊俱樂部。流動的靶標在寬闊的山坡上往來穿梭，蘇南和傅華戴著耳塞，舉著槍射擊，清脆的槍聲連續不斷。

打完之後，蘇南有點掃興的將手槍放了下來，說：「成績怎麼這麼糟糕啊。」

傅華本來是跟著湊熱鬧的，他還是第一次來玩實彈射擊，因此對自己的成績就無所謂好壞了。

蘇南摘下了耳塞，看了看傅華，說：「你還要打嗎？」

傅華搖搖頭，說：「我就是跟著你來過癮的，你不打我就不打了。」

蘇南說：「那我們就去他們的貴賓室坐一下吧。」

蘇南帶著傅華去了貴賓室，貴賓室沿牆的槍架上陳列著各種長槍，玻璃櫥裏擺放著各式手槍，傅華饒有興趣的看著這些槍械，問蘇南：「蘇董，你很喜歡射擊嗎？」

蘇南笑笑說：「談不上喜歡，不過因爲我父親的關係，我從小就能接觸到槍，練了一手好槍法，原本還想將門虎子，做個軍人呢，沒想到現在卻做了一個市儈的商人。」

傅華說：「看來蘇董對今天的射擊成績很不滿意啊。」

蘇南搖了搖頭，說：「今天的射擊成績太差了，我都不好意思了。」

侍者這時送了一個果盤進來，問：「請問蘇董還有什麼吩咐嗎？」

蘇南說：「給我開一瓶蘇格蘭威士忌。」

侍者出去了，傅華笑著說：「我雖然第一次玩射擊，可是我大約可以猜到，要打好，必須人要氣定神閒，注意力集中，不然的話，很難打出好成績來的。」

蘇南笑說：「又被你看出來了，我今天是有點心浮氣躁。最近這段時間也不知道是怎麼了，我的心老是定不下來，真是莫名其妙。」

傅華說：「我知道原因。」

蘇南看看傅華，說：「你怎麼知道？」

傅華說：「能讓蘇董心浮氣躁的，我想肯定不會是小事情，如果我沒猜錯的話，你大概是在為我們海川新機場項目著急吧。」

這時侍者送進來一瓶蘇格蘭威士忌。蘇南倒上了酒，遞給傅華一杯，說：「這裏的威士忌雖然比不上曉菲那裏的，也還可以入口。」

傅華接過了酒杯，便問：「最近曉菲怎麼沒影了，也不知道在忙什麼？」

傅華的心底還存著對曉菲的一絲牽掛，他對這個女人心情有些複雜，那一次轟轟烈烈的激吻之後，這個女人就像沒事人一樣抽身而去，這段時間音訊全無，連個電話都沒再打來。似乎曉菲的那段表白只是她自己情緒的一個發洩，發洩完了就完了，再與傅華無關了。

曉菲這樣做，反而讓傅華放不下了，曉菲已經在他心中激起了漣漪，他無法像曉菲一樣對這段感情戛然而止。可是他也不敢打電話去詢問曉菲的近況，雖然他心中很清楚這個電話肯定是能打通的，可是他心中更明白一點，他沒有再去招惹曉菲的資格了。

蘇南笑笑說：「我聽朋友說，她的工廠已經出售了，好像正在忙活什麼，不過在忙成之前，她並不想讓我們這些朋友知道。」

傅華說：「曉菲要玩的，肯定不會太俗氣的。」

蘇南抿了一口酒，說：「我有時候就很羨慕曉菲，她做的都是她想做的，不受世俗什麼的束縛，而我就不行了，每每受困於俗務，不得脫身。」

這是蘇南第二次在自己面前表現出焦躁不耐煩，似乎隨著機場項目的正式啟動，他日漸感受到了什麼危機，也就無法再做到什麼淡定了。

傅華看了看蘇南，說：「蘇董，我說一句話你別覺得刺耳啊，我怎麼覺得你太在乎這一次機場項目的輸贏了？」

蘇南聽了，說：「我有嗎？」

傅華說：「沒有嗎？你現在的狀態就有些患得患失，如果你是這個狀態，我怕這場仗你還沒打就已經輸了。」

蘇南苦笑了一下，說：「也許吧，這次如果我再輸掉，就是一輸再輸了，這對我來說不能不算一個很大的打擊，所以這一次我一定不能輸。」

傅華說：「你把自己逼上了一個尷尬的境地，沒有一場大戰在開戰之前就能夠確定己方贏定了的，你這個樣子逼的是你自己。」

蘇南心煩地說：「不逼不行啊，我這個主帥已經接二連三的失敗，再這樣下去，我們振東集團的士氣就會受到大挫的。」

傅華勸說：「蘇董，你應該明白自己集團輸在哪裡，這是這個社會的問題，是非戰之罪。」

蘇南說：「我當然明白自己失敗在哪裡，可是你要明白，我失敗的原因也就是我當初成功的原因。」

蘇南心裏很清楚振東集團當初之所以能夠獲得那麼大的成功，完全是他父親的蔭庇，那時的蘇老影響力很大，而且那時的項目很多也是不需要競標的。但現在，他父親已經失去了那種影響力，更多有影響力的人物紛紛崛起，振東集團的失敗也就很難避免了。

他這次親自運作海川新機場項目，已經無法靠父親的影響力去獲得成功，只能按照時下流行的做法去操作，需要靠跟主事者掛勾來獲取項目，他這也是有要爲振東集團開一條新路出來的意思。因此他這次不能再失敗了，失敗就意味著振東集團沒有了新的出路，無法再爭取到大的項目，只能在維持中日漸沒落。這對心高氣傲的蘇南來說是不可接受的。

傅華問說：「蘇董，你有沒有想過，就算你這次成功了又如何？」

蘇南愣了一下，這個問題他還真沒認真考慮過，他只是覺得這一次如果開路成功，就可以形成一種新的模式，以後就按照這種模式去走就行了。

蘇南不解地說：「成功了就繼續做下去吧，要不然要怎麼樣？」

傅華笑說：「其實我大致可以猜到你這次的操作思路，你想要通過私下的一些動作透過徐正拿到這個項目。」

蘇南無奈地說：「我這也是沒辦法，你不明白，傅華，現在的招標程序表面上看很公平，實際上很多都是流於形式，爲了得標，大多數公司都是像我一樣，不擇手段的，手法千奇百怪，無所不用其極。這裏面最重要的就是主事者，大家都在想辦法跟他套交情。這是社會的普遍現象吧，就算是那些國有的大型企業也不例外，這些年他們爲了得標，不得不也採取一些見不得光的手段。大家都是爲了生存，我想你應該可以理解。」

傅華笑笑說：「這大概就是你心浮氣躁的原因吧，你心中討厭這麼做，卻又不得不這麼做，其實以你的個性，並不適合幹這個的。」

蘇南身上掩飾不去的是那種倜儻不群貴公子的氣息，卻爲了蠅頭小利，不得不低三下四去謀求那些主事者的青睞，這些人如果換到平常，他可能看都不願意看一眼的。所以傅華說他並不適合做這個。

蘇南笑笑說：「我也不想啊，可是爲了振東集團的生存，我也不得不這樣做。」

「可這樣下去總不是一個辦法，總有一天，你的個性會讓你接受不了的。」傅華說。

蘇南說：「接受不了也得接受，我是可以甩手不幹，但是一大攤子的人都跟著我吃飯呢，我如果離開，他們的境況可能就會變得很糟，這些人當初都是出於信賴我而投身於振東集團的，我有責任照顧他們。所以傅華，別看我是振東集團的董事長，好像威風八面，實際上，這個位置更多意味著的是責任，而非榮耀。」

「可是你有沒有想過找一個可持續發展的辦法，我曾經跟融宏集團的陳徹打過交道，我覺得他走的就是一種可持續發展的道路，他也有競爭，但那種競爭是靠真正的實力，而非臺面下運作的能力。」傅華說。

蘇南說：「我也研究過陳徹的融宏集團，他走的那條道路並不好模仿，他雖然是給人做代工，可是本身的技術含量很高，我要轉型到他那個樣子是很難的。」

「我只是在拿陳徹做個比方而已，你也可以思考別的方向啊。我只是覺得你不能把未來都寄託在靠關係上面。應該趁你們振東集團還有雄厚的經濟實力時，趕緊考慮轉型吧。」傅華說道。

蘇南嘆了口氣，說：「轉型是要認真考慮的，不過眼下最需要考慮的，還是拿下你們的新機場項目。我記得上次你跟我說徐正這個人不可信，似乎你對我拿下這個項目始終心存疑慮啊？」

傅華說：「你也知道前段時間我發生的那件事吧，事後的發展說明了就是徐正想要整我。其實我一直弄不明白徐正爲什麼對我有這麼大的意見，按說，我這個駐京辦主任做得已經是很出色了，招商方面，我把融宏集團拉到了海川，審批項目方面，我不敢說沒有我，新機場項目就批不下來，但起碼沒有我，這個項目不會批得這麼快。但是我就是無法讓徐正滿意。

「有人跟我說，徐正對我有意見，就是因爲當初他要約見陳徹，我沒給他安排好，讓他受了當時還是省長的郭奎的批評。這個禍根就此種下，從此他就想盡辦法要來打擊我。可偏偏很多事情他又需要我來辦，鬧得他趕我走不是，不趕我走也不是，心裏很不痛快。

「你看，就一件小事讓徐正對我懷恨在心這麼久，聯想到你身上，我覺得你更不應該樂觀了。歸根到底，你是我介紹給他的，說不定他會把對我的仇恨轉移到你身上，他無法來報復我，可能就想報復在你身上。所以這一次如果你無法得標，可能也是我害了你。」

蘇南愣了一下，說：

「不會吧，我覺得上次我去海川，他的態度挺好的，我安排的禮物他也收下了，所以我才有些樂觀。你也別說你害了我這樣的話，事情的前後經過我都知道的，要爭取下去的決定也是我做的，我沒有任何理由遷怒到你身上。」

傅華笑笑，說：

「那些都是表面功夫，我們這些做官的，表面功夫是必修課。有些時候我甚至在想，我這是不是在演一個舞臺上的駐京辦主任的角色啊？不說別的吧，就說那一次徐正到北京來，我岳父還親自宴請了他，當時在酒桌上談得多融洽，誰會想到轉過頭來徐正會對我下手呢？這個人絕對不可信。如果這一次你真的想拿下這個項目，我覺得你應該出一個徐正不可能拒絕的條件，否則，那就等著失敗吧。」

蘇南笑說：「這一點我也想到了，我想我的條件已經足夠讓徐正無法拒絕了。」

傅華看了看蘇南，說：「這麼有信心？」

蘇南笑笑說：「就是這麼有信心。我想如果我這個條件徐正仍不滿足，那他的胃口簡直就太大了。」

傅華剛想要說什麼，他的手機響了，看了看是羅雨的電話，便對蘇南說：「蘇董，我先接個電話。」

蘇南點了點頭，傅華就接通了：「小羅，什麼事情啊？」

羅雨說：「傅主任，你在哪裡啊？」

傅華說：「我在昌平跟一個朋友有事，怎麼了？」

羅雨說：「今天不是我們海川政協的王副主任來京參加一個關於政協的理論交流會議嗎，現在王副主任到了，可是順達酒店那邊說安排不出符合我們要求的房間，你是不是可以跟章總說一下，讓他們想辦法調整調整。」

傅華說：「小羅，這種事情你還需要找我嗎？你直接找章鳳不就行了？」

羅雨說：「不行啊，我找過了，她說現在正是北京舉行會議的高峰期，豪華客房都滿了，沒辦法調整。人家不拿我當回事啊，還是你跟她說一下吧。」

傅華只好說：「那好吧，我跟章鳳通個電話。」

傅華就撥了章鳳的電話，先說了情況，然後說：「章鳳，拜託你想想辦法，幫我們這位王副主任安排一下。」

章鳳爲難的說：「不行啊，豪華客房都已經住滿了，沒辦法，再說，客房部給你們的人安排的標準間也很不錯了，爲什麼不能住啊？」

傅華笑說：「別的人都好說，政協的人不行啊，你不明白，這些人實權沒有了，對級別就看得特別重，如果安排達不到他們的要求，他們會對我有很大意見的，求求你啦，別讓我難做好不好？」

章鳳說：「我也想啊，可是真的很困難。你不知道現在客房緊張到什麼程度。」

「好啦，我知道，困難是有的，但也不是不能解決是吧？」傅華再三央求著。

章鳳笑了，說：「好啦，怕了你了，我讓下面的人給你安排吧。」

傅華說：「那謝謝了。」

傅華便跟羅雨講了情況，說章鳳已經答應安排了，讓他稍等一下就好了。

傅華打完電話，這才看著蘇南，笑笑說：「不好意思，瑣事太多了。」

蘇南說：「這種事情你還親力親為啊？」

傅華笑說：「我這裏不比振東集團，忙的都是這些接待方面的瑣碎小事，沒辦法，下面的這些人搞不定。」

傅華沒好意思講出真正的原因，其實真正的原因是，他並沒有把酒店這一塊放手讓羅雨去參與，他覺得羅雨有些方面並不是那麼令人放心，他還需要觀察一段時間，才能決定是否把酒店這最重要的一塊陣地交給羅雨去管理。

第四章

別有企圖

吳雯現在已經想明白了很多事情，
如果說她回海川成立海雯置業時，劉康還沒有佈局海川的打算，
那從讓她接手西嶺賓館開始，劉康就肯定是別有企圖的了，
不然的話，他也不會動用那麼多關係讓她去接觸海川的政商兩界。

晚上，高月和羅雨一起去外面吃飯。

高月看羅雨從海川大廈出來就一直沉著臉，便問道：「怎麼了，今天心情不好嗎？」

羅雨嘆了口氣，說：「月，你說傅主任是不是對我有意見了？」

高月看了看羅雨，說：「沒有哇，我怎麼沒有這種感覺？再說，你們不是一直很好嗎？他怎麼會對你有意見？」

羅雨說：「不是的，自從我上一次喝酒喝多了之後，我始終感覺傅主任對我和以前不一樣了，以前我們基本上無話不談，開個玩笑什麼的很稀鬆平常，可現在見面聊的都是公事，他也是板著臉，一副公事公辦的樣子。」

高月笑笑說：「我沒覺得什麼不正常啊，你多心了吧？」

羅雨說：「不，我有一種被疏離的感覺，我覺得他好像在防著我似的。」

高月說：「肯定是你多心啦，也許他覺得你現在是副主任了，要多尊重你一點，因此就嚴肅了起來。」

羅雨搖搖頭，說：「不是的，你不明白的，別說什麼尊重，我覺得我做這個副主任還不如當初做辦公室主任呢，誰尊重我啊？在海川大廈沒有人會尊重我。」

高月說：「羅雨，誰不尊重你啊，我覺得大家都很尊重你的，你不要想多了。」

羅雨看著高月說：「只有你是真心對我好，別的人根本就不是那麼回事。我覺得傅主任肯定對我上次酒醉之後說的胡言亂語記在心裏了，他根本就還在記恨我。」

高月握了握羅雨的手，說：「傅主任不會這麼小肚雞腸的，你別這麼去想他，我覺得你是那次酒後說了不該說的話，自己心虛的。」

羅雨仍說：「你不知道，在我被提拔之前，傅主任曾經在我面前透露出要借重我的意思，那時候他給我的感覺，我是他很信賴的親信，駐京辦以後很多工作可能都要交給我去負責。可是現在你看看，我都當上副主任這麼長時間了，他有一絲一毫要重用我的意思嗎？我看他提拔我做這個副主任，只是想利用我來制衡林東而已。」

高月不同意羅雨的說法：「你這是什麼話，提拔你做副主任這還不是重用你啊？」

羅雨忿忿不平地說：「我做這個副主任有屁用啊，我連調動一個酒店的房間都無法做到。」

高月愣了一下，問道：「怎麼回事啊？」

羅雨就講了早上政協的王副主任來，他找順達酒店更換房間的事來。他抱怨順達酒店根本就不搭理他，沒辦法，他只能找到傅華，傅華出了面章鳳才肯答應調動。

羅雨不滿地說：「你說，如果他們拿我這個副主任當回事，這點小事能不給我辦嗎？根本上就是傅主任牢牢把持著酒店這一塊不肯放手，所以才導致酒店方面根本就不拿我當回事。」

高月臉沉了下來，抽回了手，說：「羅雨，我不知道你是怎麼回事，成天疑神疑鬼的，真是邪門了，以前你沒當這個副主任沒這些事啊？」

羅雨說：「不是我疑神疑鬼，確實是……」

「我不知道你在想些什麼，」高月打斷了羅雨的話，說：「我只知道你這個副主任是傅主任提拔起來的，沒有他，你連這個副主任都當不上，就從這一點，你也是應該感謝傅主任，而不是在背後埋怨他，人要知道感恩，知道嗎？」

羅雨被說得不好意思起來，趕忙解釋說：「不是的，我只是發幾句牢騷而已，今天調動房間的事讓我很沒有面子，自然很不高興了。」

高月看了看羅雨，說：「你這話說得更有問題了，你解決不了問題，人家傅主任幫你解決了，我覺得你更應該感謝他才對。」

羅雨聽了，很不高興說：「高月，你怎麼回事啊，怎麼處處在維護傅主任？」

高月說：「我不是維護傅主任，我只是說你沒有道理。」

羅雨叫道：「什麼我沒道理，不是他和酒店那個章鳳勾結好，故意難爲我，我能找他解決嗎？要我感謝他，我感謝他個屁啊。」

高月有些惱火了，說：「你說話怎麼這麼粗俗啊？什麼故意難爲你，你當這個駐京辦副主任已經有一段時間了，爲什麼到現在還沒有跟酒店那邊把關係搞好，連個房間都調動不了，不說你自己沒能力，卻怨這怨那，你算不算是個男人啊？」

羅雨被戳到了嗓子眼上，也火了，衝著高月嚷道：「我不算男人，只有傅華才算男人是吧，你喜歡他就去找他啊，是不是後悔跟了我呀？」

高月沒想到羅雨會這麼說，看著他說：「羅雨，你真是不可理喻，我跟你講道理，你卻胡亂牽扯。」

羅雨說：「誰不可理喻了，明明是你處處維護傅華，我真不知道你那天跟傅華之間究竟發生了什麼，是不是趙婷不出現你們就……」

「你混蛋，」高月沒想到羅雨還在拿那天自己酒後跟傅華發生的事情來說事，這是個什麼樣的男人啊？自己怎麼會託付終身給這樣的人啊？她再也聽不下去了，心中又氣又惱，站起來伸手狠狠給了羅雨一個耳光，轉身跑出了餐廳。

羅雨被打得清醒了一些，心說自己今天這是怎麼了，怎麼哪壺不開提哪壺啊？羅雨匆忙結了帳，就去追高月。

追到高月的宿舍，高月已經將門鎖上了，不論羅雨在外面如何叫門，高月就是不開，最後羅雨不得不灰溜溜的離開了。

早上，羅雨直接找到高月的辦公室。

高月看到他，冷冷的問道：「有事嗎，羅副主任？」

羅雨尷尬地笑笑說：「高月，你還在生我的氣啊？對不起啊，昨天我的心情實在很差，說話過頭了。」

高月冷笑了一聲，說：「我可不敢生羅副主任的氣，你如果沒事的話，我要辦公了，請你出去。」

羅雨摸了摸腦袋，說：「高月，我知道自己錯了，對不起，你就別生我的氣了。」

高月面無表情說：「羅副主任，我想你沒錯，錯的應該是我，請你離開吧，現在是工作時間，請你不要妨礙我們辦公。」

羅雨還要說些什麼，可高月不給他說的機會，站起來離開了辦公室。羅雨無奈，只好訕訕離開了。

正好這時傅華有事要跟羅雨商量，就把羅雨叫到了辦公室。

看到羅雨的時候，他不由得笑了，羅雨臉上清清楚楚一個巴掌印，便問道：「小羅啊，你這是怎麼了？」

羅雨尷尬的說：「也沒怎麼，跟高月鬧了點小意見。」

高月是一個很溫柔的女孩子，來駐京辦這麼長時間，傅華還從來沒見過她發火過，心裏就清楚這場小意見鬧得並不小。

傅華並不知道自己就是導火線，便勸說：

「小羅啊，不是我說你，對女孩子你要體貼一點，高月那個女孩子挺不錯的，你要知道愛護她，不要老惹她生氣。」

傅華的話，羅雨聽著十分的刺耳，明明是自己臉上掛著一個巴掌印，自己才是被打的人，偏偏傅華老說自己不對，他覺得傅華這是在維護高月，心中更加不滿，心說這兩個人是不是真的發生過什麼，才會這麼相互的維護對方？

羅雨便不滿地說：「傅主任，你先搞清楚，是我被高月打，不是我去打高月。」

傅華聽出了羅雨語氣中的不滿，心中彆扭了一下，以前羅雨從沒有用過這種語氣跟自己講話，這傢伙當了副主任之後變化竟然這麼大，真是讓人感到意外。

傅華也有些不高興了，說：

「就是因爲高月打你，我才覺得奇怪，高月是脾氣挺好的一個女孩子，你不是真的惹到她，她怎麼會打你啊？要不，你告訴我你們是什麼原因吵架的，如果是高月的錯，我來說說她。」

羅雨心說：這個理由誰都能說，唯獨不能告訴你，我總不能說是我在背後埋怨你，然後才跟高月發生爭執的吧？

羅雨便冷冷的說：「傅主任，這是我和高月之間的私事，你最好不要插手。」

傅華心裏又彆扭了一下，這個羅雨真是變了一個人，往常兩人是無話不談的，現在提拔了他做這個副主任，竟然說私事不用自己插手。

傅華心中有些後悔自己跟羅雨之間的關係弄成了這個樣子，如果自己當初不提拔他做這個副主任，是不是他就不會變成這個樣子了？

傅華看了看羅雨，說：「好，既然是你們之間的私事，我也不想干預，只是希望你們不要因爲這些影響了工作。」

羅雨仍是冷冷地說：「不會的。」

傅華便不再說什麼，跟羅雨談起工作的事來了。

下午，高月送文件來給傅華，傅華接過文件時看了看高月，高月的神情有些沮喪，便關心的問道：

「小高，你跟羅雨究竟怎麼了？」

高月也覺得不能在傅華面前說出緣由，只好淡淡的笑了一下，說：

「傅主任，我們之間鬧了一點小彆扭，沒什麼的。」

傅華說：「你不願意跟我講，我也不勉強，不過小羅這個人還是很不錯的，有些時候你要多少讓讓他，男人總是要面子的，他已經是副主任了，你讓他臉上掛著一道巴掌印，讓他多下不來台啊？」

高月笑了，她早上見到羅雨臉上的巴掌印也覺得滑稽，不過她心中對羅雨的氣還沒消，便說：「那是他活該。」

「好啦，活該就活該，不過下次請你手下留情，不要打在他外面看得見的地方，不然的話，我們駐京辦成什麼了。再是兩個人相處，互相之間要多體諒對方，才能把關係處理好，知道嗎？」傅華勸說著。

高月心說：我是想跟羅雨好好相處，可偏偏這傢伙疑神疑鬼，甚至懷疑自己對他的忠貞。不過，這些話是不能跟傅華明說的，只好笑笑說：「我明白了，傅主任。」

傅華說：「好啦，你出去吧。」

蘇南從射擊場回去後，心中越想越有點沒有信心了，如果徐正真的把對傅華的怨恨報復在自己身上，那振東集團爭取新機場項目的前景還真是不樂觀。

想到這裏，蘇南便有些坐不住了，他決定在提交競標文件之前跟徐正見個面，把條件趕緊敲定，避免夜長夢多，被別人搶先一步奪走了這個利潤豐厚的項目。

蘇南就打電話給徐正，約徐正出來見面，說有些事情想要當面談一下。

徐正遲疑了一下，說：

「蘇董，我現在是新機場建設指揮部的總指揮，振東集團是參加機場建設的競標單位，我們如果單獨見面不太合適。你不知道，這次爲了規範競投標行爲，我們指揮部把海川紀委都請了來，紀委已經派人進駐了這個項目，監督投標行爲的公正合法。」

徐正只是說見面不合適，卻並沒有說不見面，蘇南知道徐正是不想在海川跟自己見面，畢竟他在海川是一市之長，眾目睽睽之下，動靜觀瞻都有人看著。而且，一旦傳出去徐正私下跟競標單位振東集團的老闆見面，也會對徐正和振東集團造成很惡劣的影響，到時候就是爲了避嫌，徐正也是不能讓振東集團得標的。

這倒是一個需要慎重對待的事情，蘇南想了想，說：

「徐市長，我沒有什麼別的意思，就是想深入瞭解一下這次招標的情況，你看這樣行不行，我們在齊州見面好不好？」

徐正心說這傢伙還算上路，便說：

「這樣嘛，也好，我也覺得應該跟你們這些競標單位解釋清楚新機場項目的情況。我後天在齊州有個會議，估計上午就會開完，我們就在會後碰個面吧。」

蘇南立刻說：「行啊，我馬上動身趕往齊州，在齊州恭候你的大駕了。」

徐正掛了電話，蘇南理了理思路，把該準備好的東西都準備好了，就讓司機開著車往齊州奔去。

到齊州已經是第二天的傍晚，蘇南事先已先打電話給省委副書記陶文，陶文推掉了其他應酬，專門在晚上設宴招待蘇南。

宴會設在齊州大酒店，蘇南就住在這個酒店裏。

坐定之後，蘇南親手給陶文倒上了酒，說：

「陶副書記，振東集團這一次是真的想要在東海省做點事情，還請您鼎力相助啊。」

陶文笑笑說：「老弟啊，這個不用說，我一定全力幫忙，你就說需要我做什麼吧。」

蘇南說：「現在是一個關鍵的時期，我想陶副書記多給海川市市長徐正施加點影響力，確保我們振東集團一定會得標。」

陶文聽了說：「老弟啊，施加影響力這不過是幾句話的事，我能辦到。不過，你也要清楚，海川新機場項目牽涉到幾十億的金額，怕各方覬覦的勢力不會少，你如果把希望全部寄託在我這幾句話上，怕到最後你會失望的。」

蘇南笑說：「陶副書記真是洞悉世情啊，我也知道這個項目很大，爭取的人必然很多，您這方面只是很重要的一個點，其他方面我也會做些工作的。」

陶文說：「看來老弟是有了萬全的準備了，呵呵，我希望你能馬到成功，那時候你能多過來東海幾趟，我們哥倆兒也能多湊一湊，還可以帶蘇老來東海玩一玩，他老人家好多年沒來東海了。」

蘇南笑笑說：「我父親上了年紀之後，就有點不願意動了，能不能來還是個問題。不過上次我從東海回去，說到您這兒來，他老人家還讓我問您好，要你多保重身體呢。」

陶文笑了，說：「難得蘇老還這麼惦記著我，回去你也替我帶句話，就說東海的小陶想他老人家了，讓他別老悶在家裏，多下來東海走走。」

蘇南說：「這話我一定會帶到的，來，這杯酒我先敬您，先謝謝您的幫忙。」

陶文笑笑說：「感謝的話就不要說了，舉手之勞而已。來，我們哥倆碰個杯，同飲吧。」

兩人碰了杯，一飲而盡。

陶文放下杯子，說：「徐正明天會上來開會，我會單獨把他叫到辦公室，跟他講一講這件事情的。」

蘇南說：「我這次也是跟他約了在齊州見面的，要敲定一些細節方面的問題。」

陶文笑說：「呵呵，老弟的動作夠快的了。那我就先預祝老弟成功吧。」

兩人又碰了杯，笑著把杯中酒乾掉了。

第二天一早，蘇南就打電話給徐正，跟他講自己到了齊州，住在齊州大酒店。徐正說他知道了，會議結束後會跟蘇南聯繫的。

蘇南焦躁的在齊州大酒店等了一上午，直到快到下午一點了，徐正才打電話來，說自己開完會了，一會兒就到齊州大酒店來。

過了半個小時左右，等在一樓大廳的蘇南見到了匆忙趕來的徐正。

徐正是一個人來的，並沒有帶司機和秘書，握了握手之後，蘇南說：

「先坐下來吃飯吧。」

徐正說：「是啊，先吃飯，我餓得前胸貼後背了。」

就在酒店裏要了一個雅座，坐定之後，蘇南讓徐正點了菜，又問徐正要喝什麼酒，徐正說：「酒就算了，我下午還要趕回海川去的。」

蘇南也就沒勉強，只是催服務員早一點把菜送上來。

徐正解釋說：「本來我可以來得更早一點，可是被陶副書記留住說了幾句話，陶副書記很關心你們振東集團啊，要我在適當的前提下多關照一下你們。」

蘇南笑笑說：「我是昨晚就到了，時間充裕，就去拜訪了陶副書記，他問起我此行的目的，我跟他講是爲了海川市新機場項目來的，沒想到他這麼熱心，竟然親自找到徐市長您，沒讓您爲難吧？」

徐正笑了，說：「不爲難，我們也算是朋友了，就算陶副書記不交代，我也會盡可能地關照你們振東集團的。」

蘇南便說：「那就好，既然徐市長拿我蘇某人當朋友，現在就你我二人在這裏，索性打開天窗說亮話，今天我跟徐市長見面，就是爲了能在新機場項目中得標，因此我十分渴望能夠得到您的大力相助。」

徐正笑了笑，說：「這個嘛，蘇董，我跟你說過的，這一次招標程序十分的公正公平，爲了防止有人從中上下其手，我連紀委都請了來，我想只要振東集團實力夠，肯定是會得標的。」

蘇南搖了搖頭，說：「徐市長，你這就不實在了，你大概也很清楚，別說紀委了，就是包公再世，怕也是很難阻止有人在其中上下其手的。」

徐正臉沉了下來，說：

「蘇董，你這話我可不愛聽了，你這是褻瀆了紀委工作的嚴肅性。也不知道你們這些商人怎麼了？動不動就說要活動關係，動不動就懷疑招標程序的公正性，我跟你說，這種看法很成問題的。」

蘇南笑說：「徐市長，我不跟你去理論什麼，你時間緊，我就有話直說了。我來的目的很簡單，就是要拿下海川新機場項目，爲了得標，今天我帶了一份合同給您，您看看是否可以。」

蘇南說著，從手提包裏拿出一份合同遞給了徐正，說：

「這份合同我們已經蓋好章了，您如果覺得還可以，就請收下。」

徐正有點不知道所以然，便說：「什麼合同啊，我能跟你們振東集團訂立什麼合同啊？」

話雖這麼說，徐正還是將合同接了過去，一看標題是仲介服務合同，合同的甲方空著，乙方寫著振東集團，下面合同的內容，大致是振東集團委託甲方幫助他們競標海川新機場項目，只要振東集團能夠得標，振東集團願意拿出得標金額的百分之三作爲仲介費用。下面蓋著紅通通的振東集團的公司章，還有董事長蘇南的親筆簽名。

徐正愣了，他雖然知道蘇南肯定會開一個很高的價碼給自己，可是還沒想到這個價碼會高到這種程度，一個幾十億項目的百分之三，這是多少錢不言而喻，即使只上過小學的人也能馬上算出準確的數字。

這可能是他這輩子算上所有見得人、見不得人的收入都難以企及的數字。

徐正雖然貴爲市長，經手的財富金額頗爲巨大，可真要自己一下子擁有這麼多錢還是心動不已，心中暗罵這個蘇南真是個王八蛋，他要給自己這麼大一筆錢，表面上還裝得跟沒多少錢似的，他怎麼能這麼淡定啊？

徐正感覺嘴有些發乾，腦海裏飛快想著，收還是不收呢？收下吧，這個數字實在太大，出了問題是要掉腦袋的；不收吧，眼睜睜放棄這麼大一筆財富，簡直太令人難以接受了。

好半天，徐正還是難以決定如何去做，蘇南在一旁似乎看透了徐正的心思，知道他難以取捨，便笑著說：

「徐市長，你也不用急在這一時做決定，合同你先收著，這只是我們振東集團的一個承諾，只要我們能得標，我們肯定會兌現這個承諾的。」

蘇南並不怕蓋了章的合同留在徐正的手裏，因爲合同上面約定只有振東集團得了標才會付給對方仲介服務費的，不得標，這份合同等於是一張廢紙。

這時服務員開始上菜，徐正不想讓服務員看到合同的內容，趕忙將合同收了起來，塞到了手提包裏去了。

蘇南心裏笑了，徐正這個舉動充分表明他接受了。

蘇南端起了桌上的茶杯，說：「來徐市長，今日無酒，我就以茶當酒，預祝我們合作愉快。」

徐正看了看蘇南，到了此刻，他再也端不起那種正人君子的架子來了，便笑著說：

「蘇董啊，不用搞這些虛頭的東西了，如果我們真有機會合作，那時候再來暢飲一番，好好慶祝吧。」

蘇南也笑說：「行啊，我盼著這一天早一點到來。」

飯菜上來了，徐正並無多少心思在飯菜上，匆匆吃了一點，就跟蘇南告辭，要趕回海川去。

蘇南將徐正送到了他的車旁，用力的跟徐正握了握手，兩人都沒說什麼，可是一切都在這用力的一握當中體現了出來。

徐正上了車，讓司機回海川。

途中，徐正一言不發，神態凝重，可是腦海中轉過來轉過去都是蘇南的那份合同，他在設想要成立一家仲介公司，正式成爲蘇南這份合同中的甲方，到那時，這一切都是這家公司合法的收入，那自己花起來也沒什麼後顧之憂。

這樣一切都披上了合法的外衣，一切都合理合法，可是一筆巨額的資金就落到了自己私人的口袋裏。

徐正心裏的天平已經開始傾向於蘇南了，蘇南的開價實在太令他心動了，這筆錢自己如果拿到手，自己這個市長都可以不幹了，因爲這筆錢完全可以保證自己後半輩子無憂無慮的生活。相比這麼一大筆錢，其他什麼的似乎都可以無視了。

那個康盛集團的劉康至今遲遲並沒有向自己開價，想來他似乎也無法開出比蘇南更高的價碼來了。振東集團的實力恐怕也不是默默無名的康盛集團能夠比得上的，那就對不起了，他出局了。

蘇南看著徐正離開，有些落寞的回到酒店的房間，收拾了一下東西，他也要趕回北京去了。

這一次出於對這個項目的重視，他一切都親力親爲，就連以前這些他從來都沒沾手過的收買主事者的舉動，也不得不親自上陣。

在這一刻，蘇南並沒有因爲徐正接受了自己開出的價碼而高興，相反，他的心情很沉重，他有點厭倦這種虛與委蛇的生活。

就像這個徐正吧，滿嘴說的都是正氣，說得是大義凜然，什麼「現在這社會上的歪風邪氣太厲害了，有些都讓人覺得匪夷所思。徐某人不得不時常心存警惕，不要被這種風氣腐蝕了。當初我出來做官的時候，我父親就提醒過我，要我時常念一念自己名字的這個正字，他教育我說，做官要行得正，才能百毒不侵。……」

可是真的把利益放到了他的眼前，他的正氣、他的百毒不侵，就拋到了爪哇國去了，竟然沒有絲毫推辭，就將合同裝進了手提包裏。

雖然這一切都是自己的安排，可是蘇南還是感覺這個徐正很無恥，這是個標準的僞君子，這個社會怎麼會讓這種人竊據高位呢，這樣下去如何得了。蘇南很恥於跟徐正爲伍的感覺，他覺得自己也被玷污了。

蘇南心中忽然有一種很疲憊的感覺，如果振東集團這樣發展下去，自己可能還需要做很多次這樣的舉動，到那個時候，自己跟這個徐正有什麼區別嗎？沒有的，自己只能比徐正更無恥，更骯髒。

也許傅華說的對，自己是不是應該真的要考慮一下振東集團的轉型了。雖然爭取這種大型項目表面上看利潤豐厚，可是上不得臺面的東西太多，真正能夠獲取的利潤其實微乎其微，這些錢都被像徐正這樣的王八蛋官員們私下拿走了，倒好像自己費盡氣力爭取的是他們的利益。

不過這趟東海總算沒有白跑，不管心裏高興不高興，也算達到了目的，這個新機場項目拿下來，集團就會有一個比較長時間的項目，也可以緩口氣進行轉型的思考了。

蘇南給陶文打了電話，向他告別，並再次感謝陶文的幫助，然後就讓司機開車回北京了。

徐正回到海川已經是傍晚，他跟人約好了在西嶺賓館吃飯，就讓司機直接開到了西嶺賓館。

下車時，正好吳雯開著車從外面回賓館，看到徐正來了，笑著迎了過來，說：「徐市長來了。」

徐正眼神躲閃了一下，他剛剛跟蘇南達成了交易，將來必然會拒絕劉康，因此見到劉康手下的人，不自覺的就有點不好意思。

不過他馬上就掩飾了過去，笑笑說：「吳總，這又是去忙什麼啊？」

吳雯笑笑說：「也沒忙什麼啦，就是去售樓處看了看。」

徐正邊往裏走，邊笑著說：「銷售狀況不錯吧？」

吳雯陪著徐正一起往裏走，說：「挺好的，已經賣得差不多了。」

進了大廳，吳雯便說：「徐市長，您先去雅座，我去辦公室收拾一下，過一會兒我去敬酒。」

徐正笑笑說：「行啊，你先去忙，一會兒可一定要過來啊。」

吳雯就去了辦公室，放下皮包，坐在椅子上長出了一口氣。這一天忙碌下來真是累得要命，外人都覺得商人在臺面上很風光，可這風光的背後要付出多少辛勞啊。

不過，吳雯雖然感覺累，可這累只是身體上的累，並不是精神上的，相反，這種累讓她精神上感到很充實，讓她有一種腳踏實地的感覺。她已經習慣了這種生活，以前那種做花魁的歲月已經日漸遙遠，淡出了她的腦海裏了。

坐在那裏休息了一會兒，吳雯看看時間，估計徐正的酒宴已經進行的差不多，自己該出去敬杯酒了，便簡單梳洗了一下，出了辦公室。

徐正見到容光煥發的吳雯，笑說：

「吳總啊，你爲什麼總是這麼漂亮啊？」

徐正對吳雯總有一種仰視的感覺，這個女人太出色了，常常讓他有些自慚形穢，雖然徐正懷疑她和劉康之間是否有什麼曖昧關係，使得吳雯的形象在徐正心目中打了個折扣，不過吳雯的美麗還是讓他心動不已。

吳雯含羞帶笑說：「徐市長真是會說笑，來，我敬你一杯酒。」

徐正看吳雯就像花蝴蝶一般，穿梭在酒桌上給客人們倒酒，心中不無遺憾，這一次自己拒絕了劉康，劉康肯定會震怒的，不知道會不會影響到吳雯跟自己的關係？

吳雯的海雯置業還需要在海川發展，應該不敢得罪自己這個市長吧？不過，到那時能不能像現在這麼相處融洽，還真是一個很大的問題。

吳雯倒滿了酒，笑著說：「來，我敬大家一杯酒，感謝各位來我的酒店做客。」

徐正就和客人們站起來跟吳雯碰了杯，眾人一飲而盡。吳雯又敬了一杯，這才告辭出去。

散席的時候，吳雯再次出來送徐正，徐正已經喝得滿臉通紅，跟吳雯說了聲再見，就上了車離開了。

徐正走後，吳雯若有所思，徐正今天的表情實在是很耐人尋味。雖然徐正盡力掩飾，表現的跟平常沒什麼不同，可是吳雯是什麼人，她是風月場所的魁首，她能成爲仙境夜總會的花魁，不僅僅是因爲她的美貌，更多的是她善於察言觀色，能夠討取客人的歡心。

徐正今天的表現一一都看在吳雯的眼中，他裝得跟平常一樣，可是他的眼神是躲閃的。男人只有在一種情況下會躲閃女人的眼神，那就是這個男人做了某種對不起女人的事情，心中有所歉疚，這才不敢跟女人對視。

通常男人做的對不起女人的事情，都是男人在外面又有了情人，覺得跟女人無法交代了。可徐正跟自己是扯不上男女之情的，他的眼神躲閃肯定不是因爲情人，那就只能是因爲商業上的事情了。

想到劉康要打通徐正這層關係爭取海川新機場項目這件事，吳雯心中有九成的把握可以斷定，徐正肯定是跟別人達成了某種協議，而那個協議很可能會影響到他和劉康的關係，而不得不將劉康排除在外，讓劉康出局。

這可是一件不大妙的事情。

劉康佈局海川已經很久了。吳雯現在已經慢慢理順了思路，想明白了很多事情，如果說她回海川成立海雯置業時，劉康還沒有佈局海川的打算，那從讓她接手西嶺賓館開始，劉康就肯定是別有企圖的了，不然的話，他也不會動用那麼多關係讓她去接觸海川的政商兩界，而且動用的這些關係是劉康早就建立好的，如果他真的只是要幫吳雯，那一開始就應該動用了。

如果現在被排除在外，那這一切的佈局就落空了，這恐怕是劉康難以接受的。

現在情況有些微妙，吳雯覺得有必要跟劉康談一下，她撥通了劉康的電話。

劉康接通了，說：「小雯啊，你這麼晚找我幹什麼？」

吳雯笑笑說：「我知道乾爹你這個時候還沒睡，所以才打給你。我發現徐正的一個情況，似乎對乾爹很不利，就想跟你說一聲。」

劉康愣了一下，問道：「什麼情況啊？」

吳雯說：「是這樣，今天徐正來賓館吃飯，他看我的眼神有點躲閃，不敢跟我對視，我很懷疑他已經跟某人在某些方面達成什麼協議了，因此想提醒一下乾爹。新機場項目發佈招標公告這麼長時間，乾爹你除了買了招標書，都沒有進一步的舉動，你不怕被別人搶了去嗎？」

劉康聽了，笑說：「是你的怎麼都是你的，別人搶是搶不走的。」

吳雯說：「我知道，可是乾爹，你就不怕別人先你一步跟徐正達成交易，那你這樣等下去豈不是一場空？」

劉康笑笑說：「小雯，你不懂的，現在還不到我出價的時候。」

吳雯遲疑了一下，說：「我不太明白。」

劉康說：「新機場項目金額巨大，想要插手的人自然不少。大家也都明白徐正作爲主事者，在其中能力很大，肯定會有很多人找徐正，我如果匆忙找了徐正，給了他一個眼下看上去還可以滿意的價碼，那後面別人爲了爭取這個項目，在我的價碼上再增加條件呢？徐正會不會因此就動搖了呢？」

吳雯現在對徐正有了更多的認識，她還真不敢肯定徐正會不會動搖，便說：「這還真是很難說，徐正這人我現在還真是看不透。」

劉康笑笑說：「不用你看得透，這個徐正肯定不會是一諾千金的君子，所以局勢隨時都會發生變化的。據我收到的情報，蘇南近日離開北京，方向是去東海省，如果我沒猜錯的話，肯定是蘇南和徐正在什麼地方碰了面，蘇南給了徐正一個很好的條件，讓徐正沒辦法拒絕，只能接受下來。」

吳雯不解地說：「既然是這樣，乾爹你怎麼一點都不緊張啊？」

劉康笑笑說：「我緊張什麼，現在徐正這兒我還保留著溝通的管道，只要我能在蘇南的價碼之上再多給徐正一點好處就行了。」

吳雯問：「那乾爹準備等到什麼時候找徐正談啊？」

劉康說：「徐正一開始就是在腳踩兩條船，想要看我和蘇南誰會出價高，然後讓價高者得。我不能出價的太早，如果我出價太早，徐正拿著我的出價去要脅蘇南提高價碼怎麼辦？那樣我和蘇南鷸蚌相爭，只會讓徐正這個漁翁得利。我必須在徐正沒有時機可以再跟蘇南討價還價之時才出價，這樣才會一錘定音。」

吳雯說：「那乾爹怎麼就能保證一定會比蘇南出價更高呢？」

劉康笑笑說：「羊毛出在羊身上，蘇南也好我也好，用來收買徐正的，必然都是新機場項目中賺取的利潤，蘇南敢給，我為什麼不敢給？我的公司成本要比蘇南的振東集團還低，我自然可以給的更多了。」

吳雯笑說：「看來乾爹每一步都算到了。」

劉康笑笑說：「乾爹也算是老江湖了，這點算計還是有的。」

馬失前蹄

劉康十分後悔自己沒像蘇南那樣搶先一步，
他算到了徐正的貪婪，也算到了蘇南會搶先一步，
偏偏沒算到徐正的謹慎和蘇南出價的力度，
這讓本來篤定能得標的他馬失前蹄，眼見就要失去這一次的機會了。

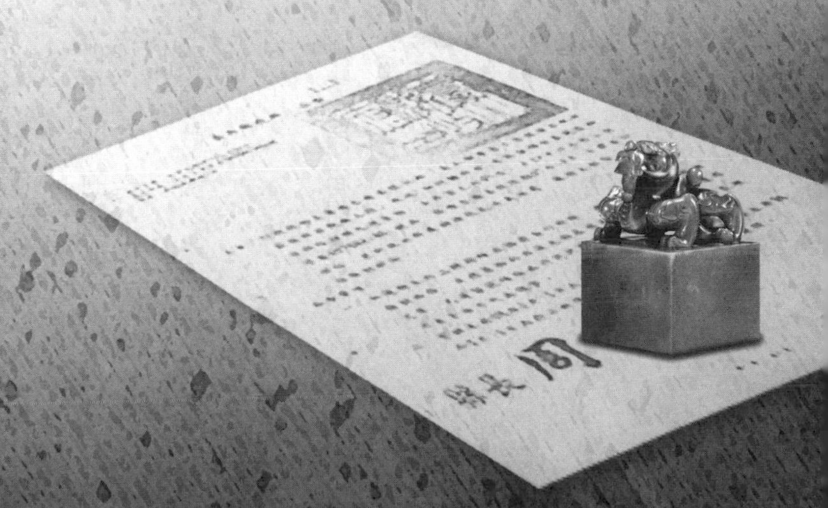

北京，羅雨已經被高月冷落了幾天，心裏越來越不是個滋味，他很想有個什麼辦法讓高月原諒他，可是高月每每見到他，都是一臉嚴肅，只要他多說幾句話，就算是在道歉的話，高月都是轉頭就走，根本不給他機會。

羅雨知道這樣下去不是個辦法，而且時間拖得越長，他和高月的距離就會拉得越大，他是愛高月的，不想就這樣失去她。

傍晚下班，羅雨跟在高月的身後，看著高月回了宿舍，正要關上門，趕緊幾步搶過去，不讓高月關上門。

高月見是羅雨，急叫道：「羅雨，你想幹什麼？」

羅雨沮喪的靠在門上，說：「月，就算要懲罰我，這些天你懲罰的也應該夠了吧？」

高月說：「誰懲罰你了？你走開，我要關門了。」

羅雨痛苦的叫了起來：「月！你到底要怎樣才肯原諒我呢？你說，你想讓我怎樣做才行？」

高月這幾天也並不好過，她心中也是喜歡羅雨的，可是羅雨始終對她喝醉酒之後出的洋相耿耿於懷，這讓她對情郎的小心眼無法原諒。

高月說：「羅雨，我不需要你做什麼，你現在給我離開就好了。」

羅雨痛苦地說：「我知道錯了，我願意改，可是你爲什麼就不肯原諒我呢？」

高月見羅雨並沒有離開的意思，只好無奈的去床邊坐了下來。

羅雨關上門，走過去坐到高月的身旁，說：「月，你原諒我吧，我下次再也不敢了。」

高月苦笑了一下，說：「羅雨啊，不是我原諒不原諒你的問題，而是你根本就不信任我，我已經跟你解釋過了，我跟傅主任是清清白白的，你那麼說簡直是對我的侮辱，我想不出要怎樣跟一個不相信自己的人朝夕相處。」

羅雨後悔地說：「那句話說出來的當時，我也後悔得要死，我那天真是中邪了，口不擇言，對不起了，月，你原諒我這一次吧，我保證下一次再也不敢了。我發誓，如果我再提這件事，就讓我出門就被車撞死好了。」

高月並沒有完全被羅雨的發誓所打動，冷冷地說：

「羅雨，你也不用賭咒發誓了，我覺得我們的關係進展得有點太快了，我發現你這段時間根本就是變了一個人一樣，也許我們需要冷靜一段時間，給彼此一個空間，思考一下我們之間的關係。」

羅雨急道：「月，你不要這樣，我承認我心底有些陰暗，可是我之所以這麼想，也是因爲我是愛你的，我太在乎你才會這個樣子。就像我對你是全心全意一樣，我希望你對我也是全心全意的，我知道自己這樣是錯的，我以後再也不這樣了。」

高月說：「我對你也是全心全意的，可是你老懷疑我，始終不相信我。」

「我已經知道錯了。」說著，羅雨伸手去扳高月的肩膀，想要把高月攬進懷裏親吻。高月並沒有就範，而是把頭扭到了一邊去。

羅雨知道這次如果不能挽回高月的心，下一次的難度將會更高，見高月這個樣子，他放開了高月，撲通一下跪倒在高月的面前，說：

「月，我給你跪下來了，請你就原諒我吧。」

高月愣住了，她沒想到羅雨竟然會跪在自己面前，趕忙伸手去拉羅雨，說：「羅雨，你起來。」

羅雨說：「你不原諒我，我就不起來。」

高月用力去拉，可是羅雨就是不起來，她有些無奈，畢竟她心中還是愛羅雨的，便嘆了口氣，說：「冤家啊，好啦，我原諒你了。」

羅雨不敢相信地看著高月，說：「你真的肯原諒我了？」

高月說：「好啦，我都說原諒你了，你趕緊起來吧，叫別人看到像什麼樣。」

羅雨這才站起來，坐到了高月身邊，再次將高月攬進了懷裏，低頭要去親吻高月，高月心裏還是有些彆扭，扭頭又要躲，羅雨急了，說：「月，你還是沒原諒我。」

高月嘆了口氣，沒有再躲，讓羅雨吻住了雙唇。

一開始，高月還有些僵硬，眼睛微閉，表情空茫，並沒有什麼熱烈的反應，她還拿不定主意是不是真的要原諒羅雨。

羅雨知道自己還需要加一番努力，他的吻便更加富有了挑逗性，手在高月身上遊走著，高月的熱火很快就被燃燒了起來，終於不再矜持，向羅雨敞開了自己，兩人達到了快樂的巔峰。

巔峰之後，羅雨突然莫名的感到一陣心虛，他覺得自己在這段感情中越來越失去了主動權，他有一種被高月掌控了的感覺，雖然他還是很愛高月，不想放棄高月，可這種被掌控的感覺實在不是很好受，他的心裏比沒和高月和好之前還難受。

高月看羅雨好半天沒說話，就問道：「雨，你在想什麼啊？」

羅雨掩飾的笑了笑，說：「月，我在想你給我的快樂，以後我會更加珍惜的。」

高月笑說：「好啦，只要你以後不要疑神疑鬼的就好了。」

羅雨保證著說：「一定不會了。」

「其實，你一直誤會傳主任了，這一次我們鬧彆扭他還說我來著，他說你已經是副主任了，要我多給你留面子，不要再打你耳光了。雨，那一下是不是打得很痛啊？」高月心疼地說。

高月把這件事情提出來，本來是想讓羅雨知道傅華是很維護他的，可是她沒有想到傅華本來就是他們吵架的主因，這時候提出來，又是為傅華說好話的口吻，對羅雨來說其實是一個很大的刺激。

羅雨心裏暗罵傅華陰魂不散，不過他剛才好不容易才挽回高月，自然不敢再去批評傅華惹怒高月，便笑了笑說：「是我該打，痛一點也是應該的。」

高月抱緊了羅雨，說：「對不起了，打你也是我不對。」

羅雨也抱緊了高月，說：「月，還是我不好，以後我再也不惹你生氣了。」

高月親了羅雨一下，笑著說：「我們不要說誰對誰錯吧，以後好好愛護對方就好了。」

羅雨點了點頭，更加抱緊了高月，他心中為挽回了高月而高興，但同時也認為傅華是造成這一切的主要原因，心中對傅華更加的不滿了。

海通客車因為高豐和辛傑的出事，整個陷入了停頓，尤其是高豐大力發展的汽車城項目，因為海通客車本身的前景不明，進駐的客商紛紛撤走，整個汽車城項目就爛尾了，汽車城裏空空蕩蕩，眼見成了一座空城，還有一些建築物並沒有全部建成就停在了那裏，腳架、建築材料到處是亂七八糟。

高豐的百合集團是徐正主持引進的，汽車城這個樣子擺在那裏，等於是把徐正的錯誤擺在那裏一樣。海川市民看到汽車城就會議論，說當初曲煒市長因爲對百合集團有所懷疑，才謹慎的不肯輕易接受跟百合集團的合作，但是現在的徐市長急功近利，一上來就跟高豐達成了合作協議，結果就造成這樣一個爛攤子。

徐正也多多少少聽到些議論，心中不禁暗自惱恨，惱恨這些人沒看到自己的成績，只看到了自己的錯誤。自己在引進融宏集團的二期投資和爭取新機場項目上，還是做出了很大成績的，偏偏人們都不說這些，專門去揭自己的瘡疤。

但徐正也不得不承認，爛尾的汽車城擺在那裏給市民造成的觀感是很差的，心裏也急於早日想出辦法來擺脫這個醒目的錯誤。

市委書記張琳也覺得老是把一個爛尾的汽車城擺在那裏不是個辦法，不少熱心的市民向市委反映這個情況，說這個汽車城就像是海川市臉上的一塊瘡疤，極大的影響了海川市的市容，要求市裏面盡快把這塊瘡疤給處理掉。

於是，在書記會上，張琳把這件事情給提了出來，他對徐正說：

「老徐啊，汽車城項目老是這樣放在那裏是不行的，很多市民對我們市裡是有意見的。」

徐正看了一眼，心說你提這個是要幹什麼？想要揭我的瘡疤嗎？他心裏彆扭了一下，強笑著說：「張書記，我也知道這樣放著不是辦法，可是目前並沒有好的解決辦法。」

市委副書記秦屯說：「可是也不能不想辦法處理一下啊，那個汽車城的位置就在海川市顯眼的中心區域，我每次經過的時候，看到那裡一片狼藉，心裏真是堵得慌，可想而知那些住在周圍的市民們會是怎麼想的。再這樣放下去不行的，市民的意見會越來越大的。」

張琳也說：「是啊，我看到的時候心裏也很彆扭，那裏本來是一塊黃金地帶，搞成這個樣子實在不應該。老徐啊，沒辦法可以想辦法嘛，你看是不是市裏面發動一下各方的力量，獻計獻策，趕緊把這個地帶給處理一下啊？」

徐正心裏更彆扭了，心說你們是要幹什麼，聯合起來對付我嗎？發動全市的力量，豈不是將我的錯誤昭告全市嗎？這不是在打我的臉嗎？

不過，這段時間張琳對徐正的工作配合得很好，很多徐正做的工作，張琳都是大力支持，徐正心裏雖然彆扭，可還是認爲這是張琳出於工作方面的考慮，並不是針對他，但秦屯就不一樣了，這傢伙附和顯然是針對自己來的。

對徐正來說，秦屯坐上這個市委副書記的位置是很令他不舒服的。原本秦屯是孫永的人馬，徐正跟孫永起衝突的時候，秦屯在背後沒少幫著孫永使勁。孫永倒臺之後，徐正原本想趁秦屯沒有了後臺支持之際，好好整他一下，沒想到還沒來得及整他，也不知道省裏是怎麼想的，秦屯卻轉任市委副書記了。

這下子，這傢伙反而升遷成了常委之一，一下子就脫離了市政府行列，不受徐正的管理了，徐正不但整不到他，反而可能受制於他了，因爲現在專職的副書記的權力很大，很多方面都可以掣肘徐正的。

局勢瞬間變得微妙起來，讓徐正一度很是埋怨省委瞎搞，讓這麼一個沒才能、私生活作風還有問題的傢伙做什麼副書記。

不過，事態已經是這樣了，徐正並沒有膽量跟省委對著幹，因此他就是有意見，也不敢顯露出來，包括在省組織部來考察秦屯的時候，他都沒有提出什麼反對的意見，因爲他清楚秦屯背後有什麼人在支持，沒有郭奎的點頭，秦屯是不可能成爲被考慮的人選的，秦屯他可以得罪，但他可不敢得罪能夠支持秦屯成爲被考察人的那些人。因此在考察當中，徐正只說了一些泛泛的好話，並沒有堅決的反對秦屯，使秦屯的考察得以順利的通過。

徐正心裏暗罵秦屯不是個東西，想趁這個機會打擊自己。不過，這個汽車城也確實需要趕緊解決了，遮著掩著也不是個辦法，不如趁張琳提出來，索性發動全市各界的力量，盡快想辦法將這個問題解決掉吧。

徐正便笑了笑說：「張書記說的對，這個問題是應該全面攤開，好好研究如何來解決了。市政府一定會召開常務會議，全面研究解決汽車城項目的爛尾問題，一定盡快找到解決的辦法。」

市政府常務會議研究的結果，是要市裡的各部門發動一切力量招商引資，並給予一定的優惠政策，盡快將爛尾的汽車城項目給處理掉。

駐京辦自然也接到了交代下來的任務，市裏面要駐京辦把汽車城項目當做目前工作的重點，希望能盡快找到合適的下家，趕緊將汽車城項目脫手掉。

傅華在汽車城這個項目之上是有所歉疚的，不管怎麼說，百合集團當初是他領到海川去的，事件肇始於他，雖然導致這個結局他也是不想的，可他覺得有責任去彌補這個錯誤。

傅華就在駐京辦的工作會議上，將這項工作交代了下去，要全駐京辦的人員都動員起來，發動全部的人脈，尋找可能接受汽車城項目的客商。

傅華也詢問了一些自已的朋友，想要找到有這樣能力的公司，可是一時之間卻很難找到合適的買家，畢竟並沒有一家公司正好等在那裏，就是爲了拯救汽車城項目的。事情就懸在那裏了。

在提交競標文件截止之日，劉康到了海川，住在西嶺酒店，他是來親自提交競標文件的。競標文件提交之後，劉康打電話給徐正，要求跟徐正見見面。

徐正此時的心態相比初識劉康的時候，已經發生了很大的變化，那時候他還想讓兩家競爭，自己取價高者，可是現在蘇南的出價，已經大大超出了他的意料之外，他覺得拿到這些已經是有些太多了，沒有必要再去爭取更多的利益，所以他基本上已經確定要接受蘇南的報價了。

在這種狀態之下，他的謹慎態度便開始占上風，他開始思考不要因爲見劉康而給自己增添什麼麻煩，因此婉拒說：

「劉董啊，都這個時候了，我們再見面不合適了吧？」

劉康笑說：「徐市長，我當初參與這個項目可是您邀請的，您現在連見都不肯見我，是不是有點不夠意思了？」

徐正覺得劉康語氣中帶著威脅，便說：

「劉董，我並沒有忘記你在我這裏還有些東西，放心吧，我會還給你的。至於新機場項目嘛，我們會秉承公平公正的原則，對待每一家參與競標的單位的。」

劉康聽了，笑說：「徐市長，您這麼說，倒好像我劉某人很小氣似的，我還從來沒有做過送出去的東西還收回來的事情，我只是想跟徐市長您見見面，我們談一談不行嗎？」

徐正心說：劉康啊，你倒沉得住氣，到這時候你才想起來見面，早幹什麼去了？現在海川上下都在看著自己，自己這時候私下見競標單位的代表，肯定是很不合適的。所以也沒必要再橫生枝節了，便說：

「不好意思，劉董，我實在沒辦法跟你見這個面。不過，我這個人向來做事都是清清楚楚的，有些東西如果不是我的，我拿著也是不會安心的，回頭我會把東西放在西嶺賓館，到時候讓吳總將東西轉交給你吧。」

徐正堅決表明了要退還東西的態度，是要告訴劉康：你已經出局了，不要再來糾纏了。

劉康愣住了，他沒料到徐正會謹慎到不跟他見面的程度，這一步他事先並沒有想到，便有些措手不及。

劉康說：「徐市長，我都跟您說了，我送出去的東西沒有收回來的道理，我現在就在海川，我只想你給我一次見面的機會，見了面，情況再怎麼發展下去，我都可以接受。不過，你如果連見面的機會都不給我，是不是也太不夠朋友了吧？」

徐正心說：我話已經說得很明白了，你還糾纏什麼？再這樣子下去，可就是你不上道了，便笑笑說：

「劉董，你始終沒明白我的意思，不是我不想見你，實在是我現在見你很不合適，這要讓相關人員看到，會以爲我們之間有什麼勾結的，會給我和貴公司造成極其惡劣的影響。好了，我話盡於此，就這樣吧。」

劉康還想說些什麼，可是徐正已經掛了電話。

劉康有點傻眼了，這個徐正還真是夠絕情的，那麼多美金送進去，這傢伙現在竟然連見個面都不肯。

從這一點上，劉康看出這徐正也是一個狠角色，做事乾脆俐落，不拖泥帶水，已經決定接受蘇南，轉過頭來就不再搭理自己，不旁生一點枝節出來，以避免產生麻煩。

可是這樣，徐正是沒有麻煩了，劉康這邊卻麻煩了，他費盡心機布了這麼久的局，叫徐正這麼一搞就算是沒戲了。

費點腦子倒無所謂，可劉康這段時間已經付出了很大的資金成本出去，最大的一部分就是招兵買馬，增加了各方面的條件，讓他那個原本沒什麼規模的機場建設公司具備了可以建設大型機場的資格，做這一切就是爲了海川新機場項目，如果海川新機場項目落空，他前期的投入要怎麼收回來啊。

劉康十分後悔自己沒像蘇南那樣搶先一步，他算到了徐正的貪婪，也算到了蘇南會搶先一步，偏偏沒算到徐正的謹慎和蘇南出價的力度，這讓本來篤定能得標的他馬失前蹄，眼見就要失去這一次的機會了。

劉康自然不甘心失敗，而且現在只是競標文件提交的截止日，還沒有開始展開評標，就連評標委員會可能都還沒組成，他還有時間來運作。不過時間並不多，一旦評標委員會組好了，一些可能施加的影響都會施加給評標委員會，那時候再想展開運作可能一切就真的太晚了。

可是目前最麻煩的是跟徐正見不上面，就算自己有千般好的條件可以誘惑徐正答應，見不到徐正，跟徐正談不上話也都是枉然。

要如何讓徐正見上自己一面呢？劉康頭大了，他一時想不到主意。

時間是不等人的，劉康在房間裏轉了半天，還是一點頭緒都沒有。他只好把吳雯叫了來。

吳雯一進房間，劉康就苦笑著說：「小雯啊，乾爹這一次恐怕要真的失算了。」

吳雯看著劉康，笑笑說：「乾爹你先別急，什麼事情慢慢說。」

劉康說：「我原本以爲徐正會給我一次見面的機會，可是我錯了，可能這次蘇南的出價真的高到徐正無法拒絕，我今天跟徐正提出要見面，可是他根本不願意出來，還說要將我上次送給他的禮物退給我，擺明了是拒絕了我。小雯，我現在沒有主意了，你在海川跟徐正打交道這麼長時間，對他很熟悉，你想想有沒有辦法安排我和他見上一面，只要能見上一面，我保準能讓他改變主意。」

吳雯想了想說：「這一時半會兒我也想不到什麼辦法，要不，我看看徐正最近幾天有沒有什麼應酬安排在我們酒店，如果有，我想辦法安排你到時候跟他見面談一談。」

劉康催說：「那你趕緊去查一下吧。」

吳雯匆忙到前臺問了櫃臺的服務小姐，也真是不巧，這幾天徐正並沒有在這邊安排飯局。

劉康煩躁了起來，自己還真是低估了徐正這個人，現在事態發展成這個樣子，這可怎麼辦好呢？難道要放棄這個項目嗎？

劉康的字典裏還從來沒有放棄這兩個字，不過，不放棄也要有個什麼辦法拿出來，總不能就這麼硬闖到市政府去見徐正吧？現在的市政府戒備森嚴，就算是要硬闖也是闖不進去的。

眼見這麼大一塊肥肉吃不到嘴裏，劉康急得直跳腳，心裏反覆的罵著徐正，把徐正的祖宗八代都罵到了。

北京，在駐京辦辦公的傅華接到了市委書記張琳的電話。

「你好，傅主任。」張琳說。

傅華不知道張琳打電話來要幹什麼，便說：「您好，張書記，請問有什麼指示嗎？」

張琳問候著說：「最近一段時間，駐京辦的工作還順利吧？」

傅華回說：「還算順利吧，現在一切都上了軌道，都在按部就班的進行著。」

張琳又問：「那個小羅怎麼樣？他的副主任當得還稱職吧？」

傅華說：「羅雨同志表現的不錯，我很滿意他的工作。」

張琳笑笑說：「那就好。」

張琳不著邊際的說了這麼多，可真正的意圖並沒有說出來，傅華有點摸不著頭腦，便說：「張書記，您有什麼指示嗎？」

張琳笑笑說：「傅華啊，駐京辦這邊我可是按照你的要求，都給你安排得好好的，你是不是也該給市裏面出點力了？」

傅華笑說：「張書記，您不要這麼說，如果您有什麼工作安排給我們，就請指示吧。」

張琳說：「按說呢，這件事情不該我插嘴，是應該徐正同志自己做的事情，可是考慮到徐正同志跟你目前的關係狀態，我覺得他可能不好意思親自來吩咐你這項工作。」

傅華一聽張琳這麼說，趕忙解釋道：「張書記，我是很尊重徐正市長的，只要是市裏面的工作，我都在認真的完成。」

張琳聽了，笑說：「我知道你是個什麼樣的人，你肯定是不會因私廢公的。我這麼說並不是要來怪罪你，我只是覺得徐正同志自己不好跟你來強調這項工作而已。」

傅華納悶地說：「張書記，您說了半天，究竟是什麼工作啊？」

張琳說：「這項工作，市裏面已經交代下去有些天了，就是海通客車的那個汽車城項目。今天人大那邊的人又跟我反映，不少市民寫信到人大去，說汽車城項目荒廢在那裏不光影響市容，而且那麼好的一塊地就這麼閒置在那兒，對我們市也是一個很大的損失。更有甚者，有人說汽車城項目是當初決策者的一個很大的錯誤，他們很懷疑在其中受賄的不僅僅是海通客車的廠長辛傑，他們認爲辛傑只是一個替罪羔羊，辛傑上面肯定有人應該承擔這個責任。這個矛頭指向誰，不用我說你大概也清楚了吧？」

辛傑上面就是常務副市長李濤和市長徐正了，徐正又是海通客車和百合集團達成合作的主事者，傅華心裏明白這個矛頭肯定是指向徐正的。

傅華說：「我清楚，這件事徐市長可能是枉擔了虛名了。」

張書記笑笑說：「對啊，這件事情我是很清楚的，我相信徐正同志是清白的，當時孫永同志主持市委的工作，對海通客車存在的腐敗是查得很嚴厲的，並沒有查出徐正同志有任何不法的行爲，但是徐正同志也是汽車城項目的決策者之一，市民對他有意見也是很正常的。可這樣下去，對徐正同志今後開展工作是很不利的，所以汽車城項目必須盡快予以解決。我這個當書記的，有義務協助市長搞好工作，對徐正同志目前的這個難題自然不能坐視不管。傅華同志，你在駐京辦這段時間的工作成效我是很清楚的，我覺得你在招商引資這方面很有辦法，是不是在汽車城項目上再加把勁？」

張書記說得很委婉，可傅華還是聽出了他對駐京辦沒有很快接洽到客商來解決汽車城項目有所不滿。

傅華苦笑了一下，說：「張書記，我不是不想解決這個問題，當初百合集團是我引到海川去的，我覺得造成今天這個局面，我也是多少有些責任，所以市裏面交代這個任務下來，我也發動了駐京辦全體工作人員在尋找合適能接下這個汽車城項目的客商，也動用了我全部的人脈，但是這個東西並不像我們想的那樣，我們要找馬上就能找到的。」

張書記笑了笑說：「傅華同志，我不是說要責備駐京辦的同志們工作不夠努力，只是目前這個問題，社會輿論壓力很大，需要盡快加以解決，駐京辦是我們招商工作的前哨，你要多動動腦筋，盡快想到解決的辦法。我相信你還是有能力幫市裏面解決這個困難的。」

傅華只好趕緊說：「是，張書記，我一定盡快找出解決的辦法，不辜負您對駐京辦

的信任。」

張書記說：「你這麼說我就放心了。」

掛了電話，傅華坐在那裏可就犯愁了。張琳說得輕巧，盡快找到解決的辦法，一句話，責任便全壓在了下面的工作人員頭上了。

這不同於當初傅華去找陳徹的融宏集團，那時候目標明確，只要針對陳徹這個目標制定行動方案就行了。現在的狀況是，根本不知道目標在哪裡，這種漫無邊際的尋找，又怎麼能夠做到盡快啊。

更令傅華煩躁的是，張琳似乎覺得因爲自己跟徐正的矛盾，自己對這個問題的解決並不盡力，因此才會打電話來跟自己特別強調一下。

雖然傅華感覺張琳這個書記做得是很稱職到位，他見過不少市委書記和市長爭權奪利的，像這樣維護市長權威的還很少見，說明張琳是一位很好的市委書記，他的身心都投入在工作上，而非跟市長的爭權上面。

但是這麼一弄，壓力就全轉移在了傅華身上，讓他不得不盡快想辦法來解決這個問題。可是辦法在哪裡啊？這個高豐還真是害人不淺啊。

門被敲響了，蘇南滿臉笑容的走了進來，看到傅華的樣子，不禁問道：「怎麼了，一副愁眉苦臉的樣子？」

傅華嘆了口氣，說：「我這個駐京辦主任還真難當啊。誒，蘇董今天倒是很高興啊，有什麼好事嗎？」

蘇南坐到了傅華對面，笑著說：「也沒什麼，只是心情不錯，想到你這裏吃頓飯而已。」

傅華笑說：「不對，肯定是你接到了什麼好消息了吧？」

傅華可以看得出來，蘇南的心情跟前些日子的緊張大大不同，顯得很放鬆，現在新機場項目提交投標文件的日子已經截止，這一場對新機場項目的競爭進入了白熱化的階段，沒什麼實質性的好消息，蘇南的心情是不可能這麼輕鬆的。

蘇南笑了起來，說：「傅華，你的眼睛真是犀利，一下子就看透了我。私下跟你說吧，我剛剛跟徐正通了電話，問了問參加競標公司的情況，他說我們集團是目前參加競標單位當中，實力最雄厚、最有競爭力的公司了，要我放心，說你們市裏一定會秉承公平公正的原則，擇優選擇得標單位的。」

徐正雖然沒有明說，可語義再明確不過了，他等於已經在跟蘇南確認，一定會讓蘇南的振東集團得標的，難怪蘇南會這麼高興。

傅華便說：「那我可要恭喜蘇董了。」

蘇南得意地笑笑說：「現在還沒有最後定局，先不要急著說恭喜。誒，你剛才在為什麼發愁啊？」

傅華煩惱地說：「是之前百合集團跟我們海川合作了一個汽車城項目，現在高豐被抓，項目爛尾，市裏面就想責成駐京辦趕緊想辦法找到能接下這個項目的客商。」

蘇南聽了說：「原來是高豐的事啊，他不是被判刑了嗎？」

前段時間，高豐的案子在北京宣判了，高豐數罪並罰，被判處有期徒刑十五年，這樣一個曾經眼高於頂的人物，今後將有很長一段時間要在監獄裏度過了。

傅華說：「是啊，這傢伙遺禍不淺，在我們海川市中心搞了一個汽車城項目，現在出事，整個汽車城變成了一座死城，周圍的市民沒有不抱怨的。市裏被老百姓鬧得沒有了辦法，只好發動我們這些單位招商引資。剛才你還沒來之前，我們的市委書記還親自打電話過來，說要我加把勁，趕緊把這個問題解決了。」

蘇南問：「這些事不都是市長管的嗎?市委書記怎麼也插手了?」

「本來是徐正的事，可是徐正因爲一直跟我很彆扭，不好出面逼我做什麼。張書記這個人還不錯，他是想幫徐正解決問題，這才找到我的。蘇董，你有沒有認識的人想在我們海川發展的？」傅華答道。

蘇南笑了，說：「你們那裏又不是什麼特區，我可不認識什麼人想要去你們那發展什麼汽車城項目。這件事情你不要找我啦，我幫不上你的忙。」

傅華嘆了一口氣，說：「哎呀，這還真是個愁事，我到哪裡去給他們找這樣的客商呢？」

蘇南勸慰說：「這是可遇而不可求的，你也別著急了，實在找不到，你們市裏面也不會拿你怎麼樣的。」

傅華說：「現在也只好這樣了。」

兩人又閒聊了一會兒，到了中午，傅華便陪蘇南吃了飯，蘇南才高興的離開了。

第六章

交易條件

劉康冷笑一聲，說：

「徐市長，如果你真的跟蘇南沒什麼，我輸了也就認了，可是你明明就是跟蘇南有貓膩，前些日子你跟蘇南可是在省城見過面的，他當時肯定給了你一個極其優渥的條件，你才拒絕再跟我交易。」

蘇南這邊輕鬆愉快了，可劉康那邊就有點像熱鍋上的螞蟻一樣了，時間又過去了一天，再想不出辦法來，事情就徹底完蛋了。

到了這一刻，劉康什麼都顧不得了，他把心一橫，對吳雯說：

「小雯，你打電話給徐正，就說我說的，要他立即把我的東西親自送到西嶺賓館來，遲了別怨我對他不客氣。只要他過來，我就可以在這裏跟他見個面，好談談新機場項目的得標問題。」

吳雯愣了一下，說：「乾爹，你這可是在威脅徐正啊。」

劉康冷笑了一聲，說：「對，我就是要威脅他，到了這時候，我再不威脅他，新機場這個項目就沒我什麼事了。」

吳雯看了看劉康，只見劉康臉上都是殺氣，看來這一次他絕對是不肯善罷甘休的。

吳雯問道：「那如果他說不能馬上來呢？」

劉康惡狠狠地說：「那你就跟他說，讓他就等著去紀委交代問題吧。」

吳雯驚訝的叫了起來：「乾爹你準備去舉報他？」

吳雯心中對徐正前段時間幫忙自己仍是心存感激的，看劉康爲了這件事情要變臉去告發徐正，心中總有些不忍。

劉康說：「我這只是威脅一下他而已，我就不相信他敢不來。」

吳雯仍然擔心問道：「那如果他真的不來呢？」

劉康發狠說：「如果他真的不來，那對不起了，我恐怕真的是要對他下手了，我要向東海省紀委舉報他，他不讓我如意，我也不能讓他自在。」

吳雯說：「那乾爹你要舉報他，可有證據嗎？」

劉康搖了搖頭，說：

「沒有，不過，徐正是一個小心謹慎慣了的人，我猜他沒有膽量跟我較這個真，不到山窮水盡的時候，他是不敢坐視讓我去舉報的，我可以肯定的說，他絕對是拿了蘇南的好處，真要查起來，他怕是經不起查的，我估計多半他是會來的。小雯啊，你記住一點，說話要虛虛實實，要讓他以爲我們抓住了他的某些把柄，知道嗎？」

吳雯點了點頭，說：「這點我還做得到。」

劉康說：「那你就馬上打電話給他。」

吳雯就抓起電話打給徐正，電話接通了，吳雯笑笑說：「您好，徐市長。」

對方說：「吳總啊，我是劉超。」

「是劉秘書啊，徐市長呢？能不能麻煩你讓徐市長接電話，我有十分要緊的事情必須跟他當面講。」吳雯說。

劉超笑笑說：「不好意思啊，吳總，徐市長在會議上，你有什麼事情可以讓我轉告他嗎？」

吳雯心說這徐正夠狡猾的，竟然不接電話讓劉超出來擋駕。

吳雯捂住了話筒，看著劉康說：「乾爹，徐正不接電話，我跟他秘書怎麼說？」

劉康冷笑了一聲，說：「哼！想躲，沒門。你就跟他秘書說，我有件東西需要徐正馬上還給我，遲了大家恐怕都不好看。你說的技巧一點，既要讓徐正感到威脅，又不能把話說得太直白。」

吳雯點了點頭，鬆開了捂著話筒的手，說：

「劉秘書啊，你轉告徐市長也行，你就跟徐市長說，我們康盛集團的劉董有件東西在他那裏，需要他馬上送還到西嶺賓館來。」

劉超問：「什麼東西啊？這麼著急？」

吳雯笑笑說：「劉秘書，徐市長知道是什麼的，你可要盡快轉告他啊，我們劉董說了，如果不能馬上送過來，怕是後果就很難預料了。」

劉超遲疑了一下，說：「有這麼嚴重嗎？」

吳雯說：「我們劉董這個人性子比較急，心裏裝不下事，一時半會兒都很難等的。劉秘書你就盡快轉告吧，我想徐市長會明白事情的嚴重性的。記住啊，你可要盡快轉告啊，如果因為你耽擱了這事，那徐市長怪罪下來，我怕你承受不起啊。」

劉超聽了說：「好，吳總，我馬上就想辦法轉告給徐市長。」

吳雯便笑笑說：「那我就掛了，謝謝啦。」

吳雯掛了電話，看了看劉康，說：「乾爹你都聽到了吧？」

劉康說：「你做的很不錯，我想不用一會兒，徐正肯定會打電話過來，他也會在心裏猜測後果是什麼，在無法確定的前提下，他一定會打電話過來問你的。」

市政府那邊，劉超放下電話，趕忙就敲了徐正辦公室的門，徐正喊了聲進來，劉超推門進去。

徐正正在批閱文件，原來是徐正交代過，再有劉康或者吳雯的電話，他不直接接，讓劉超先告訴他們自己在開會，有什麼事情可以轉告。

徐正看看劉超，問道：「什麼事啊？」

劉超說：「是吳雯打電話來，說了一些莫名其妙的話，我有些聽不懂她的意思。」

徐正笑問：「她說什麼了你聽不懂？」

劉超說：「她說您這裏有康盛集團劉董的一件什麼東西，劉董現在急著把東西要回去，否則後果很難預料。」

徐正笑著的臉一下子僵住了，他當然知道劉康所謂的這件東西是什麼，那就是送自己的美金，看來劉康似乎是因爲自己不見他，想要採取什麼行動了。

「我這裏有劉康什麼東西啊，真是胡說八道。吳雯還說了些什麼？」徐正裝糊塗說。

劉超說：「吳雯說，您明白事情的嚴重性，還要我不要耽擱，否則如果因爲我耽擱了，你一定會怪罪我的。」

徐正心裏跟明鏡似的，知道劉康是在拿送給自己的美金來要脅自己，這傢伙想幹什麼？難道想舉報自己嗎？這個後果自己可承擔不起，他暗罵劉康卑鄙，不過表面上裝得跟沒事人一樣，說：

「這都什麼跟什麼啊？吳雯這是胡扯了什麼東西啊？」

劉超看了看徐正，說：「我也不明白吳雯究竟是什麼意思。」

徐正說：「好啦，事情我來處理吧，你先出去吧。」

劉超便退出了徐正的辦公室。

徐正心裏罵道：劉康這個王八蛋，竟然敢來威脅我，你可別忘了海雯置業還在我的管轄之下，你不怕我收拾你們海雯置業嗎？再說，你那十幾萬美金也是爲了感謝我幫你們海雯置業拿地才送給我的，我又沒說不還給你，你有必要這麼咄咄逼人，讓我馬上就把錢還回去嗎？

不過，徐正心中也有些害怕劉康真的對他做出什麼不利的舉動，他可十分清楚記得孫永是怎麼倒臺的，孫永就是在接受王妍送錢給他的時候被王妍錄了影，才會被人拿這個錄影鐵證如山的告發出來，甚至連雙規都沒經過，直接就被檢察院帶走了。誰敢說劉康這王八蛋在送給自己美金的時候沒有留下什麼證據？說不定當時西嶺賓館內就有人給自己錄了影呢。不然的話，劉康怎麼敢這麼囂張的威脅自己說後果很難預料？

這些商人爲了爭取項目可是無所不用其極的，徐正有些沮喪地想到，原本他以爲自己是刀俎，蘇南和劉康是魚肉，他想怎麼擺佈這兩個傢伙都可以，現在他才明白，自己始終是在這些商人的算計當中，人爲刀俎，我爲魚肉，自己的命運實際是被這些商人們主宰著的。

徐正不敢冒險，他要趕緊把東西退還給劉康，這東西就像炸彈一樣，多放一會兒都很難讓人放下心來。他抓起電話打給了吳雯。

徐正笑笑說：「吳總啊，小劉說你剛才來電話，他轉達的內容我有些沒搞明白，是怎麼回事啊？」

吳雯心說：你就裝糊塗吧，便笑了笑說：

「徐市長啊，我也不是太明白，只是我們公司劉董交代我，說他有件東西放在您那兒，現在公司內部出了一點問題，似乎有人想拿這件東西做文章。劉董擔心這件事情牽涉到您，會給你造成不好的影響，所以讓我打電話給您，讓您馬上把東西還回來。」

吳雯不好意思直接威脅徐正，也不想跟徐正撕破臉，話到嘴邊就變得委婉了許多。

徐正聽了說：「哦，是這樣啊，不過我這裏很忙啊，一時半會兒走不開。過幾天行不行啊？」

徐正覺得讓他送錢去一定是個陷阱，很可能是劉康以此爲藉口來跟自己見面，他想拖延一下再說，看看劉康會是個什麼反應。

吳雯笑笑說：「徐市長，事情已經迫在眉睫，我需要您馬上就送過來，遲了，那個人恐怕會對您不利的，這個局面我想你也不想看到吧？」

徐正越發覺得是劉康想要見自己才布下的局，可是他也不敢不去，他可不能拿自己的仕途做賭注，來跟劉康賭這一局，一旦劉康真的不計後果將自己舉報了出去，那自己面臨的可是牢獄之災。

不管怎樣，先要保全自己，只有保全了自己才能徐圖後計。

徐正決定去見劉康，便說：「那你在辦公室等我吧，我一會兒就過去。」

徐正匆忙讓劉超給他安排車子，劉超想要跟著他，徐正趕忙說：「你不用跟著我，我去辦點私事，一會兒就回來。」

徐正趕回了家，將美金拿了就往外走，妻子看他這個樣子也沒敢問什麼。

徐正趕到了吳雯的辦公室，一進門就看到吳雯正陪著劉康在喝茶，他氣哼哼的把美金往桌子上一放，說：「劉董，這是你的東西，你收好吧。」

吳雯和劉康站了起來，劉康面帶笑容說：「徐市長啊，怎麼這麼大火氣啊？」

吳雯也說：「請坐啊徐市長，一起喝杯茶吧。」

徐正惡狠狠的瞪了劉康一眼，說：「你們不用裝糊塗了，東西都在這裏，你收回去，我好回去。我很忙的，沒時間跟你們磨蹭。」

劉康走到徐正身旁，笑笑說：「先消消火，我想徐市長肯定心裏明白，我不是想要這件東西，我是想找機會跟你談一談。」

徐正氣哼哼的說：「我們沒什麼好談的，你不就是想拿下新機場項目嗎？我告訴你，新機場項目得標單位是由評標委員會評審出來的，我徐正無法左右結果，所以也沒辦法幫你什麼忙。你如果真有實力，他們一定會選中你的；如果沒有實力，我這兒你就是下再大的力氣也是沒有用的。」

劉康轉頭看了看吳雯，說：「小雯啊，你先出去，我跟徐市長有話要單獨談。」

徐正立刻說：「不用，有話當面說好了，我跟你沒什麼好談的。」

吳雯卻並不聽徐正的，轉身說：「你們談吧，我先出去了。」

吳雯出去後，劉康臉上的笑容頓時消失了，他看著徐正，說：

「徐市長，現在就你我二人在這裏，你也不用跟我說這些道貌岸然的話了，你就說蘇南給了你什麼好處，才會讓你這麼堅決的拒絕跟我會面。」

徐正愣了一下，心裏暗自震驚，這劉康原來從一開始就知道蘇南的存在，難怪他那麼沉得住氣，等到截標了才肯出面跟自己談。對了，蘇南第一次到海川來，自己是在西嶺賓館這裏請的客，如果劉康早就覬覦海川機場項目，那他早就會留意可能的對手，就應該猜到蘇南千里迢迢從北京趕到海川，一定也是爲了海川機場項目來的。

自己的一舉一動原來早就在劉康的監控之下了，他讓吳雯承包下西嶺賓館，用慈善捐款高調在海川登場，這一切的佈局，原來歸根結底都是爲了爭取海川機場這個項目啊，這傢伙用心不可謂不深啊。

不過，徐正猜想劉康不可能知道自己跟蘇南接觸的一切細節，他可能只是猜到了蘇南接觸自己的用意，他說讓自己說出蘇南給自己的好處，根本上就是在詐自己的底牌。

徐正便說：「劉董，我不明白你這麼說是什麼意思。我承認我是認識蘇南，可是我跟他也只是吃過幾頓飯而已，算得上是一個朋友，但並無你說的他給了我什麼好處這件事情。至於我避不見面，是因爲我是海川新機場項目建設指揮部的總指揮，你是競標單位的法人代表，我們在這競標的敏感時期本就是應該回避見面的，我想這個你應該明白。」

劉康眼睛直直的瞪著徐正，說：

「徐市長，我真是服了你了，現在就你我二人，你還在說這些冠冕堂皇的話，真是可以了。不過我跟你說，我為了新機場項目可是花費了大量的心血，投入了巨額的資金，如果我不能得標，我會不擇手段的報復破壞我計畫的人的，這一點希望你想明白了。」

徐正冷笑一聲說：「你這是在幹什麼，在威脅我嗎？我很忙，還要趕回去開會，你趕緊把你的錢收好，我們就此了清關係，從此互不牽涉。」

劉康笑了，說：「徐市長，你既然來了，又何妨跟我談談呢，也許我的出價會比蘇南高呢？」

徐正冷著臉說：「劉康，我們之間似乎並沒有什麼好談的了，你趕緊把錢點一下，我要走了。」

劉康語帶威脅地說：

「徐市長，你這個態度很不友好啊，我勸你可要想清楚，我跟蘇南不同，蘇南做什麼都有一個好老子庇護著，所以他才能有今天這樣的局面，而我呢，基本上都是自己一手一腳打拼出來的，比起蘇南來，我更不擇手段些，他是君子，我可是小人。你可知道有句話叫『寧得罪君子，也不得罪小人』。」

徐正愣了一會兒，說：「劉康啊，我都跟你說了，我跟蘇南沒什麼，你怎麼還這麼胡攪蠻纏呢？」

劉康冷笑一聲，說：「徐市長，如果你真的跟蘇南沒什麼，我這次輸了也就認了，可是你明明就是跟蘇南有貓膩，你別以爲我不知道，前些日子你跟蘇南可是在省城見過面的，他當時肯定給了你一個極其優渥的條件，你才拒絕再跟我交易。」

徐正驚詫地看了看劉康，說：「你怎麼知道的這麼清楚？你在跟蹤我們？」

其實劉康並不知道徐正和蘇南在什麼地方見過面，只是他猜測蘇南到過東海，而徐正只有去省城才不會引起別人的注意，因此詐稱知道徐正跟蘇南在省城見面，沒想到還真矇對了。

劉康說：「我要競標這麼大的項目，投入這麼多，你說我能不多做些準備工作嗎？」

劉康這麼說，就是要營造出自己在無孔不入的監控徐正和蘇南的氛圍，讓徐正心裏緊張，不敢就這樣跟蘇南達成交易，而將自己拋在一邊。這個時候就是要真真假假、虛虛實實。

徐正信以爲真，便說：「劉康，你真夠卑鄙的。」

劉康既然已經拉下臉來，跟徐正就沒有客氣的必要了，便笑笑說：

「我是很卑鄙，可我是真小人，做了什麼敢認，你徐市長根本就是個僞君子，又要當婊子又要立牌坊。我跟你說，如果我不能得標新機場項目，我也不會讓得標的人輕鬆的，我會讓人密切注視你跟蘇南之間的一切風吹草動，只要你被我掌握一絲一毫的不軌行跡，我都會向你們東海省紀委舉報你的。到那個時候，你會在監獄裏後悔沒有把這個項目交到我手裏。」

徐正恐懼的看著劉康，就像看著一條伺機要猛咬自己一口的毒蛇。他心裏很清楚，如果自己接受了蘇南的交易，以後必然會跟蘇南之間發生某些往來，這些往來如果沒有人注意，那還可以瞞天過海，什麼問題都不出；可如果一舉一動被人盯上了，那就根本經不起推敲的。

再說，徐正自己也很清楚他的手腳上是不乾淨的，不僅僅是蘇南這件事情，還有很多別的人和事是跟自己有牽連的。真要在背後時刻有一雙有心人的眼睛盯著，那自己很快就會露出馬腳，那時候等待自己的將是萬劫不復。就算劉康最後發現不了什麼，自己心中知道有這樣一雙眼睛盯著，也會寢食難安的。

蘇南的價碼誠然很高，可是如果要付出一生的代價來換取，那就不值得了；如果賺到了那麼多錢自己還沒命花，那將會是更痛苦的事情。

徐正瞬間就判明了眼前的形勢，他可不想付出身家性命的代價來換取蘇南給他的好處。他堅持的一條原則就是，不論什麼，首要要保住自己，不要冒險去獲取任何利益，即使這利益豐厚到令人饞涎欲滴的程度。

一個仕途上的人最應該懂得的一個詞就是妥協，很多時候，政治就是一個妥協的藝術。當你鬥不過你的對手的時候，就應該想辦法跟對手妥協，這是一個政治人物的生存之道。

徐正當然是深悉妥協之道的人，他看著劉康笑了，然後走到沙發那裏坐了下來，說：「劉董啊，你不用這個樣子吧？你這個人就是這樣不識逗，剛才我不過是跟你開玩笑罷了。」

劉康也笑了，他明白徐正要向自己投降了，也去坐到徐正的對面，對徐正說：「哦，原來徐市長是在跟我開玩笑啊，哎呦，你說我這個人怎麼就這麼沒有幽默感呢？不好意思啊，我是個粗人，剛才說話說得有些過頭了，徐市長你別介意啊。」

徐正笑了笑說：「我怎麼會介意呢，我跟劉董是真心相交的朋友，朋友之間多一句少一句的沒什麼的。」

劉康附和著說：「對對，徐市長說的太對了。朋友嘛，有些時候開開玩笑也能調節一下氣氛。」

徐正和劉康相互看了看對方，同時哈哈大笑了起來。

笑完之後，徐正說：「其實關於蘇南那邊的情況，我是早就想跟劉董說的，只是一向和劉董很難見面，其他人我又怕人多嘴雜，把消息傳出去對我們大家影響都不好。」

劉康立即說：「對對，徐市長顧慮得極是。」

徐正又說：「既然劉董今天過來了，我就把情況跟你說一聲吧。其實蘇南也沒答應我什麼太好的條件，不過是說他願意把得標金額的百分之三給我作爲仲介服務費。我當時主要是考慮劉董你遲遲沒來找我，可能是你對我們這個新機場項目沒興趣了，想想蘇南出的條件還可以，就勉強答應了下來。我可跟你說啊，我可不是要刻意將劉董你排除在外啊，所以這件事情你是不應該怪我的。」

劉康笑說：「對，這件事情不怪徐市長，是我這個人疏懶慣了，做什麼事情都拖拖拉拉的，幸好交了徐市長這麼一個好朋友，雖然我拖拉，可徐市長還是願意給我一個機會，謝謝啦。」

徐正笑笑說：「彼此都是知心的朋友，應該互相幫助的，說謝謝就太過於客氣了。」

劉康說：「也是。誒對了，徐市長是不是還覺得蘇南出的這個數目已經很高了？」

徐正笑了笑說：「算是吧，我跟劉董無法比，你可能覺得不多，你一筆生意可能都不止賺這麼多，可對我這樣一個拿工資的人來說，已經是天文數字了。」

劉康搖了搖頭，說：「其實你被蘇南騙了，幸虧你跟我把情況說了，不然你被人賣了，還覺得蘇南對你很好呢。」

徐正看看劉康，說：「不會吧，這個數字實在已經很大了。」

劉康故意說：「蘇南是欺負你不懂這裏面的訣竅，其實百分之三的仲介費在行內算是很低的，一般最少也要拿出四個點來作爲仲介服務費的，這少一個點可就讓你損失了幾千萬呢，這蘇南也賺得太多了點，真是貪得無厭。」

劉康話裏的意思就是透露出，他願意給徐正四個點的仲介費，可是徐正聽到耳朵裏並沒有絲毫感覺高興。他主持過幾個工程，深知一分錢一分貨，也許劉康可以在工程中擠出更多的利潤來，可是，那很可能是在損害工程品質的前提下擠出來的，這對徐正來說並不是一個好事，如果工程品質出了問題，他這個工程建設總指揮不論到哪裡都是要承擔責任的。

這一方面，徐正更相信蘇南，蘇南給他的印象就是一個很能信得過的人，這樣的人做起事來絕對靠譜，他提出給自己三個點的仲介服務費，肯定是在經過精算後才提出來的，是在能夠保證各方利益的前提下做出來的。而眼前這個劉康，根本就沒經過大腦認真的計算過，張口就加了一個百分點，徐正相信，劉康是早已經準備在蘇南出價的基礎上再加價，他如果說蘇南給了自己百分之十，劉康也會跟自己說蘇南給少了，應該是百分之十一。

這可能也是劉康遲遲到現在才要求跟自己見面的原因吧，他是想在所有競爭對手都出了價的前提下，再提出自己的價碼。

其實這個訣竅大家都明白，羊毛出在羊身上，劉康給自己再多，也是從工程款中拿出來的，他不可能無償奉獻，一定會在保證自身利益的前提下，剋扣應該支出的工程成本，才能擠出給自己的仲介費用。

徐正還想把新機場作爲自己任內的一項政績留給海川市，他可不想建一座豆腐渣工程出來，被海川市民在背後指著脊梁骨罵。

徐正便笑笑說：「劉董啊，有一點你需要明白，無論怎樣，這個工程品質是需要保證的，我可不想到時候一建成，工程就出問題。」

劉康笑說：「這你放心，我們公司的品質都在那裏，建這種機場，一點問題都沒有。」

徐正說：「劉董，我可不是跟你說場面話，你我都明白，品質這個東西並不代表什麼，我可不希望你爲了能夠擠出這多一個點的仲介費，就降低了對工程品質的要求。」

劉康說：「看來徐市長是有點信不過我劉某了？」

徐正冷笑了一聲，說：「當然信不過，你別忘了，你剛才才說過蘇南是君子，而你是小人，在這方面，我還是選擇相信君子好一點。」

劉康心說：你選擇相信君子，卻跟我這個小人在談交易，真不是個東西！表面上卻仍笑笑說：「話說到這份上了，我想徐市長不會再跟蘇南達成交易了，那你說要我怎麼辦？」

徐正說：「我要你一定要保證工程品質，這樣我也可以接受百分之三的。」

徐正選擇劉康是出於無奈，他不想再在工程品質上出什麼問題，這也是他一向謹慎的一種表現。換成是蘇南如果出價百分之四，他會高興地接受下來，而劉康，他認爲必須先保證了這個小人的利益才能保證自己的利益。他自己也是小人，知道小人的心態，小人向來是先己後人的。

劉康笑說：「想不到徐市長還這麼在乎工程品質。」

徐正說：「我不能不顧及，真出了問題，我這個市長首當其衝是要負責的。」

劉康說：「其實我只是讓我們集團少賺一點利潤來保證徐市長的利益而已，並不會損及工程品質的。」

徐正聽了，說：「劉董，你不要以爲我不懂工程建設，我是很明白這其中的門道的，對我來說，多不多這一個點差別不大，錢到了一定數目就是一個數字而已，關鍵是我可不想有命賺沒命花。」

劉康笑了，說：「那這是不是說，我們就達成了默契了？」

徐正看了看劉康，他在劉康臉上看到了得意，他是被要脅才跟劉康達成這個交易的，心中就有些憤懣，心說：你劉康這下滿意了，可我心裏卻堵得慌，怎麼樣去報復他一下呢？

不能就這麼便宜了劉康，一定也要劉康不自在一下，不然的話，自己這口氣咽不下去。

這時，徐正心中一個壓抑了很久的念頭又冒了出來，以前他還要裝君子，這個念頭雖然在心中想了很久了，可是一直被他壓在心底不敢讓它見光，現在他在劉康面前已經撕掉了君子的僞裝，是兩個十足的小人在一起密謀，這個念頭就又佔據了他的腦海，心中就有一種非要實現不可的欲望了。

徐正便說：「劉董啊，我們這算是達成了某種默契，我會盡力讓你稱心如意的。」

劉康得意的笑了，說：「徐市長放心，劉某人如果稱心如意了，一定保證也會讓你稱心如意的。」

徐正笑笑說：「劉董既然這麼說了，我還真有一個不情之請，想請劉董幫我一下。」

劉康剛剛得遂所願，十分興奮，便不以爲意地說：「徐市長，別說一個不情之請，就是十個不情之請我也保準讓你滿意，說吧，你想要什麼？」

徐正說：「我想讓劉董割愛一個人，不知道行不行啊？」

劉康聽了，立即說：「我知道，我知道，徐市長想的是誰，我心裏清楚著呢，回頭我就讓她去找你，你對她想做什麼就隨便了。」

徐正愣了一下，他完全沒想到劉康會是這樣一個態度，他還以為這個人在劉康心目中位置很重呢，原來劉康對她也只是玩一玩而已，看來自己打算想要這個人給劉康心裏添堵是不可能了。

不過，自己思慕這個人已經很久了，能跟這個人哪怕只廝混一晚，他也是心滿意足的。只是沒想到劉康對美色竟然如此棄若敝屣，看來兩個人不知道在一起廝混了多久了，劉康大概是玩膩了，對她心生厭倦，這才自己一提出來，他就馬上答應了下來。

想到自己思慕的這個女人竟然被劉康這個老頭子玩膩了，徐正心裏痛了一下，暗地裏又把劉康的祖宗八代問候了一遍。不過這對自己也許是好事，如果不是這樣，這樣一個美女大概也不會對自己投懷送抱的。

另一方面，徐正對劉康也更加心生畏懼，原來自己所有的心思都看在這個老傢伙的眼中，也不知道這老傢伙還在背後算計了自己些什麼。

這個人實在太可怕了，這件事情完了之後，要趕緊離他遠一點，不要到時候被他賣了還要幫他數鈔票。

但不管怎麼樣，能得到這樣一個美人，就是死了也值得。徐正腦海裏馬上浮現出了美人被自己壓在身下輾轉呻吟的景象，渾身頓時癢酥酥的，恨不得馬上就能將這個美人壓到自己身下去。

徐正興奮了起來，此時他再也顧不得自己君子的僞裝了，看著劉康說：「不知道劉董什麼時間可以安排啊？」

劉康笑了起來，心說這傢伙一去掉僞君子的面具，露出了小人的真嘴臉，便什麼都不顧忌了，一副急色的樣子，還真是可愛啊。便說：

「想不到徐市長這麼急切，原本我還以爲你不喜歡她呢。」

徐正笑笑說：「我怎麼可能不喜歡她，實話說，我心裏一直很喜歡她，只是你也知道我是市長，很多東西不方便的。」

劉康立刻說：「行啊，我馬上安排，讓她盡快趕過來。」

徐正高興地笑了，他此刻心癢難耐，真是一刻都等不得了，便說：

「還什麼盡快趕過來，她不就在海川嗎？」

劉康愣了一下，說：「徐市長，我以爲你不喜歡邵梅，所以這次並沒有把她帶過來，你著急的話，我讓她明天就坐飛機過來。」

徐正驚訝地叫了起來，說：「弄了半天，你以爲我在說邵梅啊。」

劉康疑惑地看了看徐正說：「要不然你以爲我在說誰？」

徐正說：「我對邵梅沒興趣，我想要你割愛的是吳雯。」

「吳雯？」劉康驚叫了起來，「你看上了吳雯？」

徐正點點頭說：「對啊，我看上的是你的乾女兒吳雯，不知道劉董是否肯割愛？」

劉康立刻搖搖頭，說：「不行，你的這個要求我無法滿足。」

徐正說：「劉董啊，到現在爲止，都是我在展現對你的誠意，合作是雙方面的，你也需要展現點誠意給我吧，怎麼，捨不得吳雯？你不會爲了她，傷害我們之間友好的合作關係吧？」

劉康看了一眼徐正，他跟吳雯的相處，其實更像是一對知心的朋友，甚至慢慢地真的有一種父女之情在裏面，讓他去開口讓吳雯做徐正的情人，他實在有點說不出口。

劉康說：「徐市長，你不知道具體情形，吳雯跟我之間是純粹的義父女關係，並不涉及其他。你要別的女人都可以，甚至你看上哪個女明星了，都可以跟我說一聲，我保證能幫你弄來，但吳雯不行。」

徐正看出了劉康對吳雯的維護之情，似乎二人之間真的沒有私情，不過，徐正渴望得到吳雯已久了，終於說出了口，斷沒有輕易收回的道理。

徐正笑笑說：「劉董啊，你這就不夠意思了，我爲你冒著風險跟蘇南終止了交易，且不說蘇南本身的實力不好惹，就說蘇南那邊還找了省委副書記陶文跟我打招呼呢，這些對我來講都是很大的麻煩，你如果連一個女人都捨不得，又如何對得起我啊？」

劉康想辦法拒絕說：「不是我捨不得，實在是我並不能幫吳雯做這個決定。」

徐正說：「劉董，你就不要騙我了，我見過吳雯跟你的相處，你說你無法替她做決定，我是不信的。好，就算你不能替她做決定，但我相信你一定有辦法說服吳雯的，就怕你根本不想這麼做。現在，我條件已經開出來了，你如果能滿足我的要求，我們就好好合作一次，可是如果你不能滿足我的要求，我看不到你合作的誠意，怕到時候就是我們合作了，也會鬧得不歡而散的。」

劉康爲難地說：「徐市長，你這可有點強人所難了。」

徐正說：「劉董啊，如果不是你強人所難在先，我想我們根本就不會坐在這裏。」

劉康搖了搖頭，說：「徐市長，這個真的不行。」

徐正很高興看到劉康爲難的樣子，心說你難爲我半天了，現在我也難爲難爲你，便說：「劉董啊，我可是冒著掉腦袋的風險在跟你合作的，如果我這麼一點願望你都不能幫我達成，那你就不要怪我不跟你合作了。」

劉康叫說：「徐市長，你不能這樣吧？」

徐正說：「我不能怎樣？劉董啊，實話說我並不欠你什麼，反正條件我都開給你了，你做不到不能怨我的。」

劉康實際手上並沒有徐正什麼把柄，因此他一下子也拿不出什麼能足夠威懾徐正的東西，他又不想看到前期的投資打水漂，只能回過頭來在吳雯身上打主意了。

劉康看著徐正說：「你一定要吳雯？」

徐正堅持說：「一定要，你把吳雯給了我，我才敢相信你，我們的合作才能達成。」

劉康只好說：「這件事我是可以跟吳雯說一說，不過我先聲明，如果吳雯實在不肯，我也是不能強迫她的。」

徐正笑說：「這就對了啊，你連說都沒跟她說過，又怎麼知道她一定不肯答應呢？爲了我們的合作，我相信劉董一定會盡力說服吳雯的，是吧？」

劉康心裏別提多彆扭了，狠狠地瞪了徐正一眼，說：「是，我一定會盡力說服她的。」

徐正站了起來，說：「那我就先回去等你的好消息了。」

劉康指了指那包美金，說：「這個徐市長還是帶回去吧。」

徐正笑笑說：「先放在這裏吧，如果你能說服吳雯，這個就算我給她的一點心意；

如果你無法說服她，我們就不要合作了，也省得我再拿來退還給你。我先走了。」

說著，徐正看都沒看劉康，便推開辦公室的門，走出了吳雯的辦公室。

吳雯正在大廳跟服務員們說著什麼，見徐正自己一個人走了出來，劉康並沒有送他，心裏有一種不好的預感，心說：是不是劉康跟徐正談僵了？便連忙迎上去，笑著說：「徐市長要走哇？」

徐正看了看吳雯，心想這個美人也許很快就是自己的了，也或許自己再也無法見她了，心情有些複雜，便說：

「市裏面還有很多事情等著我回去處理，我都跟劉董談好了，就先回去了。」

吳雯說：「那我送送您。」

徐正笑笑說：「不用不用，吳總忙你的吧，我先走了。」

吳雯仍然將徐正送到了車上，徐正上了車，看了看車外的吳雯，他現在不知道劉康跟吳雯說了自己要她之後，吳雯會是怎麼一個表示，她還會像現在一樣看待自己嗎？

他忽然有些後悔跟劉康提出這個要求了，這等於要把自己跟吳雯的關係徹底改變，吳雯會不會無法接受呢？如果不接受，等於徹底斷了自己跟吳雯的往來。想到可能再也無法跟吳雯接觸，徐正心裏有一絲失落。

可是徐正心裏明白，這可能是自己唯一一次能將吳雯據爲己有的機會，如果不趁機要脅劉康，這輩子都不可能一親吳雯的芳澤。

事情很快就會明朗，是擁有還是失去，就要看劉康這老傢伙的本事了。

徐正便向吳雯揮了揮手，說：「吳總，我走了。」

天價合同

徐正點點頭說：

「你這麼做的心情我是可以理解的，換到是我在你的位置上，我也會想盡一切辦法爭取的。現在的社會風氣這麼差，你用送禮這一招我絲毫不意外，甚至後來你還給了我這一份天價的合同。」

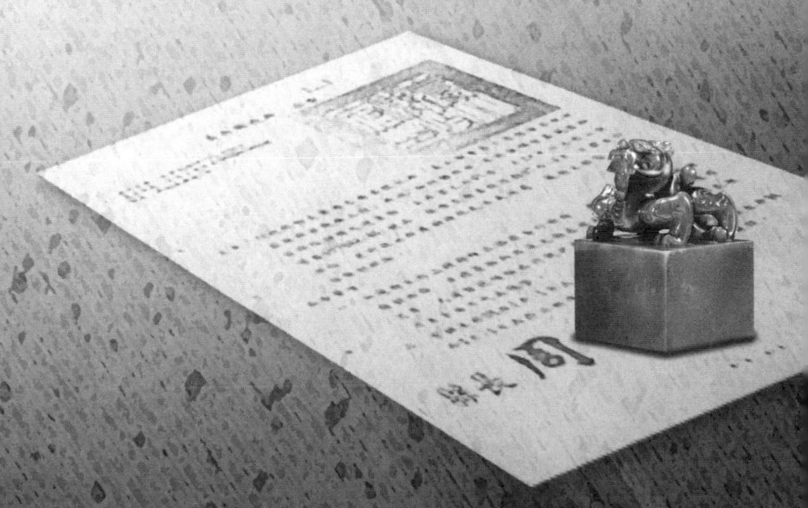

吳雯看著徐正離開了，這才回到自己的辦公室。一進辦公室，就看到劉康沉著臉坐在那裏。見劉康這個樣子，吳雯更加印證了自己的猜測，便問道：「乾爹啊，你跟徐正談僵了？」

劉康苦笑了一下，心中猶豫不決，他既不想把吳雯送到徐正懷裏，又不想退出對新機場項目的競爭，可是在這兩者之間又找不出一條能爲徐正接受的方案，不由得心中惱火萬分，所以連送都沒有出去送徐正。

此刻吳雯問自己是否談僵了，劉康有些不知道該怎麼說，是不是告訴她徐正的要求？還是索性就這麼放棄算了？

想了半天，劉康還是不捨得就這麼放棄，便說：「倒還沒有，可是跟談僵了沒多大的區別。」

吳雯問：「是不是他提出了什麼你接受不了的條件？」

劉康點了點頭，他決定把徐正的要求告訴吳雯，至於接受不接受，就看吳雯自己的意思了，不過話不能說的太直接，要技巧一點，如果技巧一點，也許吳雯還是能接受的，便說：

「這傢伙提出了一個讓我感到很難接受的條件，想要借此逼我退出競爭。」

吳雯看看劉康，問：「什麼條件啊？」

劉康吞吞吐吐地說：「我有些說不出口，這傢伙真是混賬，竟然會提出這種條件來。」

吳雯好奇地說：「乾爹啊，到底是什麼條件啊？你說出來，我也可以幫你想想辦法。」

劉康搖了搖頭，說：「你不會願意聽到這個條件的，還是不要說了。」

吳雯更加好奇了，說：「是什麼啊，我怎麼會不願意聽啊？乾爹你就說說看嘛，起碼也讓我知道是什麼條件。」

劉康嘆了口氣，說：「小雯啊，這個王八蛋看上了你，他要我把你送給他。」

吳雯愣了一下，她根本就想不到一向道貌岸然的徐正竟然會向劉康提出要自己，她心目中徐正的良好形象徹底的崩塌，這傢伙在自己面前裝的那樣正派，原來早就垂涎自己的美色了。

不過，這世上還真沒有幾個男人能不垂涎自己的美貌，吳雯悲哀的想，上天賜給她這樣一副容貌，不知道是眷顧自己還是憎恨自己呢？自己憑藉這副美貌獲得了很多同齡女孩很難獲得的物質滿足，偏偏自己最渴望得到的那個男人的真心呵護就是得不到。

老天，你還真是會捉弄人啊。

劉康看了看吳雯，吳雯遲遲不說話，說明她並不想接受。

劉康對吳雯心中是存著愛護之意的，他並不想破壞他和吳雯之間這種融洽的關係，他已經上了年紀，雖然他並沒有放棄對財富的追求，可心裡更渴望能有一個貼心的人一起聊聊，陪伴他晚年的生活，這樣他就滿足了。

雖然很難抉擇，可他並不想因爲這件事情失去吳雯，便說：「小雯啊，你是知道乾爹的，我從來就沒想過要拿你來做什麼交易。」

吳雯點了點頭，說：「我知道，要不然你上一次也不會帶邵梅來海川了。」

劉康說：「是啊，我上次帶邵梅過來，就是想把邵梅安排給他，好加強對他的控制，可是這個王八蛋根本沒看上邵梅。我看他打你的主意很久了。」

吳雯慢慢冷靜了下來，看著劉康，說：「那乾爹你打算怎麼辦？」

劉康說：「這傢伙說，如果我不把你送給他，就不要再來爭取這個項目了，你知道，徐正是這個項目的總指揮，他要排除我們集團，我們是一定沒辦法得標的，現在我只有放棄了。」

吳雯知道劉康爲了這個項目付出了很多的心血，見他肯爲了自己放棄這一切，心裏深爲感動，從離開仙境夜總會以來，劉康一直對自己幫助很大，吳雯原本就對劉康心存感激，早就有報答劉康的念頭了。

如果劉康強逼著她去做徐正的情人，也許她不會答應，偏偏劉康爲了顧及她的感受主動說要放棄，讓她不由得更爲感激，雖然她和劉康未涉及男女之情，可是劉康到現在爲止，真心處處爲自己打算，處處呵護自己，自己如果不想辦法回報，那可是太沒義氣了。

眼前這倒是一個回報的機會，吳雯覺得自己應該接受徐正的要求，幫助劉康獲得這個項目，便說：「乾爹，我知道你捨不得我，可是你爲了爭取這個項目也費了不少心機，你一向對我又是這麼照顧，這一次就讓我來幫你吧。」

聽吳雯這麼說，不知道爲什麼，劉康心中並沒有絲毫感到高興，雖然他告訴吳雯徐正的要求，並且希望吳雯能答應，可當吳雯真正答應下來時，他只有感到心痛，而沒有陰謀得逞的快樂。

這時候，他有些明白自己對吳雯真正的感情是什麼了，他不敢佔有吳雯也是出於這種情愫，他要呵護這個女人也是出於這個情愫，這個女人雖然不盡完美，甚至愛慕虛榮、淪落風塵，可她就是他心中的一個美好的幻境，她帶給他的快樂是精神層面的，是別人不可能帶給他的，現在他沒有勇氣去打破這個美好。

劉康搖了搖頭，堅決地說：「不行啊，小雯，乾爹怎麼能拿你做交易呢？」

吳雯苦笑了一下，她已經決定了要幫助劉康，便不想退縮，於是說：

「乾爹，你又不是不知道我原本是做什麼的，如果沒有你，我可能還在仙境夜總會浮沉呢，這一次不過是重作馮婦而已，我就把徐正當做仙境的一個新的客人好了，他既然爲我出了這麼高的價，我沒有理由不接的，沒什麼大不了的。」

劉康看看吳雯，說：「小雯，你真的想這麼做？」

吳雯說：「乾爹，你就讓我報答你一次吧，你一向這麼幫我，卻絲毫沒向我索取什麼，我早就想爲你做些什麼了。」

劉康實際上是很渴望吳雯推拒這個要求的，那樣，他就能讓自己下決心去拒絕徐正，理由就是他不能逼吳雯答應，偏偏吳雯並不把這件事當成一件十分了不得的事，甚至把這個當做報答自己的一種方式，劉康不知道是該高興還是心痛。

他苦笑了一下，說：「小雯，乾爹並不想這樣的。」

吳雯笑笑說：「乾爹，你就別在意了，又不是你逼我的，是我自願這樣做的。我又不是什麼純情少女，這對我來說並不是很難的。」

劉康找不到否定吳雯的理由了，他的理智暫時戰勝了情感，不過，他也不想讓吳雯白白付出，便說：「既然這樣，乾爹也不能白讓你付出，我會從這次得標的項目中給你提出一定比例，作爲給你的回報。」

吳雯說：「不用了乾爹，你已經幫我很多了，這一次我是真心想幫你的。」

劉康苦笑了一下，說：「不行，這我一定得給，否則我不會心安的。」

吳雯便說：「乾爹，我知道你心疼我，我接受就是了。你不要這個樣子，你就把它當成是一樁生意好了，而且還是一筆利潤豐厚的生意。」

劉康聽了心裏更加難受，說：

「小雯啊，乾爹一向做事都是不擇手段，做什麼都遊刃有餘，可這一次乾爹真是遇到對手了，這個社會真的是越來越混賬了，出了像徐正這樣一批王八蛋，這一單生意，乾爹做的真是窩囊。這一單做完，我想你能得到的，足以保證你下半輩子衣食無憂了，到時候你把海雯置業結束了吧，找個人嫁了，不要再蹚這些渾水了。」

吳雯無奈地笑了笑說：「我就是想嫁，也要有合適的人娶我啊？好啦，乾爹，生活不就是這個樣子的嗎？很多時候都是令人無奈的。」

吳雯也是很以自己的美貌和智慧自豪的，能讓她看上的男人並不多，傅華曾經讓她很心動，可是現實很快就打碎了她這個想法，上天讓傅華再次出現在他面前的時候，首先就曝露了她是仙境夜總會花魁的身分，直接就打斷了她跟傅華深入發展下去的可能了。

劉康苦笑著說：「是啊，生活本來就是這個樣子的。我們既然無法反抗，就只有接受了，那我就通知徐正你答應他了？」

吳雯點點頭說：「好的，不過你告訴他，我答應是答應了，但是只有在他先兌現了承諾之後，我才會兌現我的，我可不想白白付出。」

劉康看了看吳雯，說：「如果他不相信，堅持要你先兌現承諾呢？」

「你就告訴他，如果他想要我真心實意的跟他，那他就耐著性子等幾天吧。讓他把心放到肚子裏去，我吳雯雖然是一個女人，但言出必行，一定會兌現承諾的。」吳雯說。

劉康便打電話給徐正，把吳雯同意的消息通知了他，不過，吳雯說要等招標結束，康盛集團得標了才能兌現。

徐正愣了一下，他心中已經有些急不可耐了，便說：「還要等你們得標了之後啊？到那時候如果你們不兌現，我要怎麼辦？」

劉康笑笑說：「吳雯說了，她言出必行。」

徐正想了想說：「行，反正我是工程的總指揮，我也不怕你們到時候不兌現諾言。」

劉康說：「那我們在得標之後再聯絡吧。」

徐正說：「行，你們就等著吧。」

不覺就來到了宣布得標的日子，蘇南從徐正那裏並沒有得到進一步的消息，這個時候，沒有消息就是最好的消息，他滿心以爲這次爭取新機場項目一定是穩操勝券了。海川市機場建設指揮部決定召開得標大會，公開宣布得標單位，蘇南得到通知之後，決定親自到海川來參加這次大會。

到了會場，蘇南正好碰到了康盛集團的董事長劉康，他跟劉康算是認識，彼此都知道對方的情況，卻算不上是什麼朋友。

劉康跟蘇南握手，笑笑說：「蘇董啊，您親自來參加大會，是不是已經穩操勝券了？」

蘇南並沒有把劉康的到來當回事，在他眼中，劉康的康盛集團還不是一個足以跟振東集團抗衡的對手，便說：

「其實我並沒有什麼把握，只是有事正好路過海川，就來捧場一下了。劉董也來參加，是不是已經有了勝算了？」

劉康心裏暗自好笑，心說，這蘇南這麼自在，徐正大概還沒有跟他講振東集團這一次沒戲了吧？不知道一會兒宣布得標單位是康盛集團時，他會是一個什麼樣的表情呢？自己見慣了蘇南得意的樣子，一會兒見見他失意的模樣，也是一件很有意思的事情。

劉康裝糊塗的說：「我心裏也是沒底，跟蘇董的振東集團比起來，我們的康盛集團實力就差了很多，看來我這次只能是湊湊熱鬧罷了。」

蘇南心說：你也知道你們康盛集團跟我們振東集團的差距啊，算你有自知之明，嘴裏卻笑著說：「劉董真是客氣了，勝負現在還很難講的，也許你們的方案更合海川市的意呢。」

兩人心中各有所想，握手完畢，就各自找了一個地方坐了下來。

會議開始，徐正親自跑來參加，他首先感謝了各投標單位對海川市新機場項目的支持，然後讓評審委員會宣布得標單位。

蘇南看向臺上，他看到徐正正微笑著看著自己，似乎在向他表示這個項目振東集團肯定沒問題的，他心中的信心更足了。

評審委員會主任首先講了評審委員會詳細評審的各項指標和理由，然後說：

「下面宣布，得標單位是……」

這個時候，評審委員會主任停頓了一下，掃視了一下全場熱切的目光，蘇南壓抑住自己喜悅的心情，做好了準備，就等著下一刻評審主任一念出振東集團的名字，就站起來向全場示意。

蘇南是很渴望這一刻的，爲了這一刻，他已經做了很多努力，他可以想像出現場電視臺和報社記者的鏡頭馬上就會轉向自己的情形，振東集團已經有好一段時間沒有這樣的盛況出現了。

主任只是稍稍停頓了一下，隨即念出了得標單位的名字：

「得標的單位是北京的康盛集團，讓我們掌聲祝賀康盛集團得標。」

時間瞬間被凍結了，蘇南有些傻眼了，他根本沒想到得標的竟然不是自己，而且得標的竟然是他認爲實力跟振東集團相距甚遠的康盛集團，這怎麼可能？

劉康卻早在意料之中，他微笑著站了起來，並沒有直接走上主席台，而是先走到了蘇南面前，有些得意的伸出了手，說：

「承讓了，蘇董，沒想到我們竟然能夠獨佔鰲頭啊。」

蘇南尷尬的笑了笑，雖然他覺得不可能，可是現實就是如此，他也不得不接受，他還是很有風度的站了起來，跟劉康握手，說：「祝賀你，劉董。」

劉康用力跟蘇南握了握手，然後轉身快步走上了主席台，跟主席台上的人一一握手，握到徐正的時候，徐正笑著說：「祝賀你啊，劉董。」

劉康激動地說：「謝謝徐市長的大力支持。」

徐正說：「很高興你們康盛集團能夠和我們海川市攜手合作，共同爲我們海川市建設出一座國際一流的新機場。」

劉康點了點頭，說：「讓我們共同努力吧。」

劉康最後從評審委員會主任手中接過了得標證書，高舉過頭，得意洋洋地向全場展示，全場一片熱烈的掌聲。

蘇南面色灰暗，有些落寞的無力的跟著大家鼓著掌，他這一次又失敗了，現實再一次給了他一個響亮的耳光，他有點茫然了，這一次他完全按照自己理解的社會上通行的做法去做了，為什麼得到的結果還是失敗呢？徐正不是接受了自己的禮物了嗎？怎麼最後竟然是這樣一個結果呢？

大會結束了，蘇南站起來就往外走，他覺得自己沒有臉面再在這裏多待那怕一分鐘。剛走幾步，他的電話響了起來，看看是徐正的號碼，蘇南有些憤慨的想到，這傢伙這個時候打電話來幹什麼，是要來嘲笑自己嗎？

不過，蘇南還是很想聽一聽徐正的解釋，他很想知道自己已經做得夠好了，為什麼徐正還是沒選擇他。

蘇南接通了電話，說：「徐市長，你這麼做究竟是什麼意思啊？」

徐正笑笑說：「蘇董啊，你先不要急，我會跟你解釋的，剛才我在主席臺上看到你要離開，你先別急著走，我們見個面，聊一聊吧？」

蘇南冷笑了一聲，說：「徐市長，我們振東集團已經落選了，這個時候還有什麼好聊的？」

徐正說：「蘇董，你不會這麼意氣用事吧？我叫住你，是因為你在我這裏還有兩件東西，我想還給你。」

蘇南心知徐正是指書法冊和合同，這原本是讓他穩操勝劵的東西，此刻卻讓他有些被羞辱的感覺，便冷冷地說：「不需要了吧？」

徐正說：「這兩件東西你不拿回去，我心裏會不安的。」

蘇南說：「合同你銷毀就行了，至於書法冊，這點禮物我還送得起，你留著把玩吧。」

徐正心裏暗自讚賞，這傢伙不愧是世家子弟，就算已經落敗，還能保持這樣的風度。不過徐正從謹慎的角度出發，並不敢將東西留在身邊，尤其是一個在自己手裏落敗的敵人的東西。

徐正很清楚這世界上沒有不透風的牆，相信很快蘇南就會從某種管道知道，是自己干涉了評審委員會，讓評選委員選擇了康盛集團，而非振東集團，到那個時候，徐正不相信蘇南還會對自己這麼友好，那時他還不知道會想什麼辦法來報復自己呢。

這些商人們為了利益都是不擇手段的，本質上，蘇南和劉康應該沒什麼區別，特別是蘇南背後還有一個省委副書記陶文，到時候他真要找自己的麻煩怕是很難對付的。

還是儘早把身邊的隱患排除了吧，這個書法冊雖然是好東西，可是到時候說不定會成為自己的罪證的，徐正向來是不貪這點小便宜的，便笑笑說：

「蘇董啊，我不好奪人所愛的，你如果不來拿回去，這東西我也不敢保留，怕是要上交組織的。」

蘇南心中更加不滿了，徐正如果真的上交了組織，那是在向這個社會說振東集團爲了得標而行賄，這等於再一次打了振東集團的耳光。

蘇南雖然心中很不情願去見徐正，可是也不得不把東西拿回來，他不想讓振東集團行賄的事情公示於衆，如果真的公示於衆，那振東集團的名聲就算臭了，日後再有政府的項目，振東集團就不用想參與了。因爲沒有一個政府的項目會不剔除曾經有行賄不良記錄的公司的，官員們就算爲了避嫌，也是會這麼做的。

蘇南強笑了一下，說：「好吧，那我就去拿回來，到哪裡去見你啊，徐市長。」

徐正說：「你上次去過我的辦公室了，我們就在那裡見面吧。」

半個小時之後，徐正在辦公室見到了蘇南，他將書法冊和合同放到了蘇南面前，然後笑笑說：「蘇董，這些請你收回去吧。」

蘇南看了徐正一眼，說：「徐市長，我有些不明白，我的這些條件還不夠好嗎？還是劉康給了你更好的條件？」

徐正心裏暗自好笑，這個傻瓜，這時候還問出這麼好笑的問題，我不選擇你選擇了劉康，這還用問嗎？當然是劉康給了我更好的條件了。

不過，這些話徐正是不會跟蘇南明說的，他笑了笑，說：

「蘇董啊，還記得你上一次來我辦公室我跟你說的話嗎？我當時跟你講，當初我出來做官的時候，我父親就提醒過我，要我時常念一念自己名字的這個『正』字，他說，做官要行得正，才能百毒不侵。我的話音還沒說完，你就送了這個書法冊給我，還以什麼正氣歌作爲理由，我當時就覺得這件事情很滑稽，你是不是認爲我徐正這個人口不應心啊？」

蘇南愣了一下，這時候徐正舊事重提，似乎想向自己證明他這個人是很正派的，難道自己看錯了，這徐正真是一個廉潔的官員嗎？

蘇南有些困惑了，問道：「既然你不喜歡我這麼做，爲什麼當時你還收下來呢？」

徐正笑著搖了搖頭，說：「蘇董啊，要我跟你說什麼好呢？我當時如果不收下來，你是不是不會善罷甘休啊？是不是還會想別的辦法來向我施加壓力啊？」

蘇南看了看徐正，問道：「難道徐市長那時候收下這個書法冊，就是爲了不想我採取進一步的行動？」

徐正點了點頭，說：

「是啊，你這麼做的心情我是可以理解的，這麼大的一個新機場項目，誰不想爭取啊，換到是我在你的位置上，我也會想盡一切辦法爭取的。現在的社會風氣這麼差，你用送禮這一招我絲毫不意外，甚至後來你還給了我這一份天價的合同，你知道當時我看到合同的內容心裏嚇了一跳嗎？實話說，雖然我經手的金錢數額雖然不少，但這麼大一筆錢可能會成爲自己的還是第一次，我承認我當時是很動心的，心說這要是接受下來，我馬上就是一個大富翁了。」

說到這裏，徐正呵呵笑了起來，然後接著說道：

「但隨即我心裏就很恐懼了，這筆酬勞誠然十分豐厚，可是這不是我應該得的，反而可能害了我一生。這時候我又想起了父親的諄諄教導，做官要行得正，才能百毒不侵，所以當時我就想拒絕你。可是轉念一想，我如果拒絕了你，你肯定又會提高出價的價碼，或者動其他腦筋，那這個事情就沒個了時了，你必然會一再的折騰，直到我答應你爲止。我說的對吧，蘇董？」

蘇南笑了笑，說：「應該不會，這份合同我精算過，我最多只能出到這個價碼，再多，就會對工程品質有影響了。」

徐正心說：我猜得果然沒錯，這傢伙果然精算過，看來他果然是一個負責任的人，跟他合作是最好的，各方面都安全，可惜的是，他遇到了一個卑鄙的對手劉康，明面上的君子是鬥不過暗地裏的小人的，我也只能對你說聲抱歉了蘇南，眼下的局勢，我選擇劉康比選擇你更安全，也更有利。

徐正便笑笑說：

「那就是我多想了。基於這種考慮，我就接下了你這份合同，目的就是為了防止你繼續做一些不符合規定的事情。作為朋友，我不希望你為了爭取得標，做一些違法的事情，你要知道，違法的事情只要你做了，將來一定會受到懲罰的；同時，你是陶文副書記介紹來的，你如果出事了，陶文副書記的臉上也不好看，所以我接下合同，就是為了讓你覺得我會幫你得標，其實並沒有私下動手腳，給你們振東集團和陶文副書記造成惡劣的影響，我這麼說，是不是你就明白了？」

蘇南看了看徐正，徐正說得這麼正義凜然，倒好像真是一個大公無私的官員一樣，他有些拿不準了，事情也許真的像徐正所說的那樣。

徐正看蘇南只是看著他不言語，便笑笑說：

「好了，我知道你不相信我說的，現在這個社會風氣啊，很多人寧願相信歪門邪道，而不相信一個官員是正派廉潔的。但是我告訴你，我不管你相不相信，我徐正就是要堅持原則，所以這一次我只能說抱歉了。」

蘇南想想，不管怎樣，就算落敗，自己也是要保持一定的風度，不過他也不是傻瓜，徐正這幾句話還不能忽悠住他，他看了看徐正，說：

「徐市長，事情也許真像你說的這樣，那我就是已經失敗了，心裏也是很欣慰的，畢竟你讓我見識到了一個廉潔的官員是什麼樣子的。」

徐正笑了，說：「我都跟你說到這份上了，你怎麼還懷疑我呢？」

蘇南搖了搖頭，說：

「我不是懷疑你，我只是有一個疑問，劉康的康盛集團無論從實力還是從這一次他們提交的競標方案，我絲毫找不到他比我優勝的地方，你能告訴我海川市選擇他們的理由嗎？」

徐正臉色變了一下，但旋即恢復了正常，他知道蘇南這是點到了關鍵的地方了，自己堅持這一次競標是公平公正的，那選擇劉康，就必然有一個能說得過去的理由，而蘇南是振東集團的董事長，對機場建設方面肯定不是一竅不通，自己還真是無法隨便編一個理由就能夠搪塞過去的。

徐正不愧是官場老手，他馬上就找到了說詞：

「蘇董啊，選擇劉康的康盛集團是評審委員會的決定，他們的主任在剛才的大會上，已經就這麼選擇的原因作了解釋了，就不需要我跟你再重複了吧？」

蘇南笑了，他明白徐正這是在跟自己打官腔，這傢伙真的以爲自己是傻瓜嗎？讓自己落選了不說，還想拿一套冠冕堂皇的說辭來教訓自己，真不是個東西。

蘇南沒再說什麼，收拾好書法冊和合同，連句再見都沒說，站起來就走出了徐正的辦公室。

徐正沒想到蘇南會這樣離開，心裏慌了一下，他想喊住蘇南，可是又不知道該說什麼，只能就這樣看著蘇南離開。

徐正知道蘇南這是看穿了自己的把戲了。原本他還想借送還禮物的機會，處理好和蘇南的關係，就算不能恢復到像原來一樣融洽，起碼也不要翻臉。但目前來看，似乎這個目標很難達到了，蘇南並不是笨蛋，他看出了自己是在玩弄他。

徐正馬上想到要趕緊打電話給省委副書記陶文解釋一下，這個電話還要趕在蘇南打給陶文之前，不然的話，陶文先入爲主的聽到蘇南的意見，還不知道會如何來看待自己呢。最好是不要讓陶文對自己心生惡感，畢竟，陶文還是省委副書記，還是自己的上司。

徐正立刻撥了陶文的電話，陶文接通了，陶文還不知道蘇南落標的事情，笑著說：

「小徐啊，什麼事情啊？」

徐正笑笑說：「陶副書記，是這樣，有件事情要跟您彙報一下，我們新機場項目的得標單位產生了，遺憾的是，評審委員會最終沒有選擇蘇南先生的振東集團。」

陶文頓了一下，他心中其實是很在意這件事情的，他很想幫蘇南辦成這件事情，沒想到他叮囑了半天要徐正關照蘇南，徐正竟然還是讓蘇南落選了，這種結果實在讓他很不高興，他心裏覺得很彆扭，便有些冷淡的說：

「是這樣啊，行了，我知道了。你還有別的事情嗎？」

陶文連原因都沒問，徐正心中更加發虛，又笑笑說：「陶副書記，我想跟您解釋一下，這個決定是評審委員會做出的，我也不好干涉。」

陶文心說你當我是傻瓜啊，什麼評審委員會的決定，如果評審委員會能最終決定是哪一家公司得標，那你這個市長豈不是聾子的耳朵——擺設嗎？

不過事情是這樣子，話可不能這樣說，陶文也打起了官腔，說：

「我知道，你也是在按規定辦事嘛，好啦，我知道了，你不需要再解釋什麼了，我掛了。」

陶文沒等徐正再說什麼，直接就掛掉了電話，徐正拿著電話愣在那裏半天，他知道陶文這一次算是被他得罪了。

也是，自己是多此一舉，陶文在官場上已經久歷風雨，一眼就會看到問題的實質，問題的實質就是蘇南的公司沒得標，自己再怎麼解釋，也不能把蘇南沒得標解釋成得標了，因此陶文根本就沒必要聽自己的解釋了。

很多時候，在官場上是要多栽花少種刺的，這一次自己迫於無奈種了刺，徐正心中自然是很彆扭，以後要小心陶文這一派的人物了。

掛了電話的陶文心裏也很彆扭，老領導的公子難得找上門來要自己幫點忙，自己也很上心要幫這個忙，偏偏徐正這傢伙明面上跟自己虛與委蛇，私下卻讓別的公司得標了。

陶文知道自己的仕途得益於蘇南的父親蘇老不少，那個時代的官場風氣還是十分正派，蘇老賞識自己是個人才，就幾次很主動的提攜自己。

蘇老並不是一個施恩望報的人，這些年也從來沒向自己要求過什麼回報，自己呢，也就是每次去北京便到蘇老家裏看望他一下而已。

自己對蘇老是心存感激的，這一次蘇南找上門來，陶文便覺得自己終於可以回報一次了，沒想到到頭來卻是一場空，讓他心中難免有些歉疚。

陶文撥了蘇南的電話，他想要把這件事情跟蘇南解釋一下，問說：「蘇老弟，你在哪裡？」

蘇南說：「我在從海川回北京的路上。」

陶文愣了一下，蘇南居然親自到海川去聽結果，看來他對這一次新機場項目真的是十分重視，心中更加歉疚的說：

「老弟啊，你到了海川也不來省裏看我，是不是因爲這一次沒得標生我的氣了？」

此刻的蘇南心情已經平靜了下來，他可以怪徐正，可是卻不能把事情怪到陶文身上，便笑了笑說：

「沒有，陶副書記，我知道這一次您是真心幫我的忙，對您我只有感謝的份，哪敢生您的氣呢？我不去您那裏，實在是沒什麼心情，下一次吧，下次有機會我一定去看您。」

陶文苦笑了一下，說：「可實際上我這個老哥還是沒幫到你什麼，這是我沒用啊，老弟讓我辦這麼點小事我都沒辦成，我感覺都沒臉去見蘇老了。」

蘇南笑笑說：「您不要這麼說，不怪您的，這一次我是被徐正耍了。」

陶文心中也在疑惑爲什麼徐正不肯幫這個忙，他心中原本以爲是蘇南沒有打點好徐正，便問道：「到底怎麼回事，你跟我說說。」

蘇南說：「我這次是真的領教了這個徐正，這傢伙說話辦事都很有一套。」

說著，蘇南便將事情的發生前後都講給了陶文聽，包括徐正一開始怎麼接下他的禮物，後來又如何收下合同，最後在得標之後又如何說了一番冠冕堂皇的話。

最後，蘇南總結說：「我現在真是有點佩服這個徐正，耍了我還來教訓我，真是個人物。」

陶文聽完勃然大怒，他感覺徐正這麼做不單是在耍蘇南，連自己也被耍弄了，於是說：「什麼，徐正竟然敢這個樣子對你？他這不但是欺負你，也是在往我這老臉上扇巴掌。」

蘇南笑笑說：「算了吧，您不要跟這種小人生氣了，最近幾年，這種人我也見過不少了，也不在意了。」

陶文有些愧疚的說：「不好意思啊，老弟，我也老了，下面這些傢伙開始不拿我當回事情了。」

蘇南安慰道：「陶副書記，您不要這樣，不關您的事，您這麼說我倒不好意思了，是我這件事情沒辦好，反而給您添堵了。」

陶文說：「事情既然已經這樣了，現在說什麼都沒有意思了，不過我告訴你，老弟，事情到今天還沒完，我會記住這一切的。誒，你真的不過來嗎？」

蘇南笑笑說：「這一次就算了吧，我真的沒心情，下次吧。」

陶文說：「行啊，你現在的心情我理解，你不過來就不過來吧，只是不要忘記了，你在東海還有我這個老哥哥在。」

蘇南說：「我知道。」

第八章

重作馮婦

吳雯苦笑了一聲，老天爺真是會捉弄人啊。
吳雯忍不住撥通了傅華的電話，也許今晚她就會成為徐正的枕邊人，
她想在這個時候聽聽傅華的聲音，好讓自己心情好一點，
然後才有足夠的勇氣去重作馮婦。

失意者匆匆離去，得意者的盛宴卻即將展開，不過，這得意者的心情不見得就比失意者的好。

劉康和吳雯坐在西嶺賓館的辦公室內，商量著晚上舉行的慶祝康盛集團得標的晚宴，劉康面沉似水，臉上絲毫看不出得標者的喜悅。

對於劉康和吳雯來說，他們到了要兌現答應徐正事情的時刻了。

劉康看了看吳雯，說：「小雯啊，今天晚上徐正是主賓，他到時候一定會提出要你履行承諾的。」

吳雯苦笑了一下，說：「我知道，乾爹，您放心，我不會逃避的。」

劉康有些不捨，說：「小雯啊，現在我們反正已經得標了，就是你反悔，徐正也無法拿我們怎麼樣的，頂多我在金錢方面多補償他一點就是了。要不，回頭我就告訴徐正，你不願意了，這件事情就算了吧。」

吳雯搖搖頭說：「乾爹，我雖然是女兒身，可是向來說話算話，不比男人差的。再說，徐正是新機場工程建設的總指揮，如果他想難爲我們，一定會有很多辦法和機會的，我想你也不會願意拿下了工程，卻無法順利施工吧？」

劉康做過很多工程，心裏很明白工程業主方是有很多辦法難爲施工方的，這也是徐正爲什麼敢放心大膽的讓他們延遲到工程得標之後再兌現承諾的原因。

「可是我心裏卻像吃了一個蒼蠅一樣不舒服，早知道是這樣，還不如讓蘇南那個傢伙得標呢。」劉康悶悶地說。

吳雯勸慰道：「乾爹，我知道你是捨不得我，其實真的沒什麼大不了的。」

劉康嘆了口氣，說：「我當初讓你金盆洗手，就是不想讓你再做那種事情，到今天，卻是我又讓你去做這種心不甘情不願的事，我劉某人真是第一次做這種自己打自己耳光的事啊。」

吳雯笑笑說：「好了乾爹，這是我自願的，又不是你逼我的。行了，到了這個時候，你就多想想高興的事情吧，不管怎樣，我們還是把工程拿下了嘛。」

劉康只好說：「好吧，那就這樣吧。不過，我也不是這麼好算計的，就讓徐正這傢伙等著吧，我會讓他知道我劉某人是什麼人的。你準備準備晚宴，我先回房間了。」

劉康離開了，吳雯坐在那裏，好半天沒動彈。雖然吳雯在劉康面前說得好像是她能接受徐正，可那是爲了不讓劉康難受才裝出來的，畢竟劉康對她恩同再造，她是一個知道感恩的人，這是她對劉康的報恩。

但吳雯心裏卻是堵得慌，她倒不是反感徐正的容貌，徐正的容貌平常，不醜也不帥，在做花魁的時候，她遇到過比徐正醜上十倍不止的客人。她反感的是徐正竟用這種方式逼她就範，她是被逼著上徐正的床的，這讓她有一種被強姦的感覺。

吳雯忽然很想找人說說話，可是找誰去說呢？她想了半天，竟然找不到一個可以傾訴的人，心裏不由得更加落寞了。

其實也不是一個人都沒有，吳雯還是想到了一個人，這個人一定會傾聽自己的心事，可偏偏這個人，是她最不願意告訴他這件事情的。吳雯苦笑了一聲，老天爺真是會捉弄人啊。

坐了半天，吳雯還是忍不住撥通了傅華的電話，也許今晚她就會成爲徐正的枕邊人，她想在這個時候聽聽傅華的聲音，好讓自己心情好一點，然後才有足夠的勇氣去重作馮婦。

傅華接通了電話，意外地說：「吳總啊，好久沒接到你的電話了，最近還好嗎？」

這傢伙的笑聲還是這麼爽朗，吳雯心裏痛了一下，這世界上，如果每個人都像傅華這麼陽光該多好啊，偏偏自己一再遇到的都是一些心理陰暗的人。

傅華見吳雯好半天都沒說話，問說：「你怎麼了？怎麼不說話？」

吳雯意識到自己的失態，強笑了一下，說：「沒什麼，我還不錯，你在北京怎麼樣？」

傅華說：「我很好啊，我在北京時常聽來自海川的朋友說，你的生意越做越好，風生水起啊，真替你高興啊。」

吳雯笑笑說：「傅主任也會關心我嗎？」

「當然啦，你是我的朋友嘛。」傅華說。

吳雯心裏又感動了一下，這才是真正的朋友，即使互相之間並沒有太多的聯絡，可在心裏總是牽掛著對方。

傅華見吳雯又不說話了，不禁問道：「吳總，你今天怎麼了，好像有些怪怪的，是不是發生了什麼事情啊？」

這傅華還真是敏感，他竟然猜到了自己心中有事，吳雯不想讓傅華知道自己爲什麼打電話給他，趕忙笑笑說：「沒有，我怎麼會怪怪的呢，只是我們好久沒聯絡了，一時竟然找不到話跟你說了。」

傅華笑了起來，說：「是啊，我們真是好長時間都沒聯絡了。你這次找我有什麼事情嗎？」

是啊，自己打電話給傅華要說什麼啊？吳雯一時找不到理由了。

傅華見吳雯又停頓了下來，笑說：「看來我真是要常常跟你通通電話了，不然我們這朋友做的還真是有些陌生了。」

吳雯笑說：「你才知道啊，是這樣的，我打電話給你，是想告訴你一個好消息，我乾爹的公司得標我們海川新機場項目了。」

吳雯一時找不到要說的事情，就把眼前的這件事情說了出來。

這還是吳雯第一次在傅華面前提及她乾爹的公司，以前她都是神神秘秘，不肯多透露一點她乾爹的情況。另一個令傅華驚詫的是，吳雯乾爹的公司一露面竟然就是得標海川新機場項目，這公司的實力真是了得，竟然擊敗了蘇南的振東集團。

雖然吳雯並沒提及她乾爹公司的名稱，可是傅華敢肯定，吳雯的乾爹絕對不會是蘇南，一來蘇南一向不沾染風月場所，二來，蘇南的背景也容不得他玩吳雯乾爹灰色的那一套。

想不到蘇南費盡心機，竟然還是落選，傅華心中不免很爲他惋惜。

傅華便笑笑說：「那真是要恭喜你了，想不到你乾爹的公司這麼有實力，竟然可以擊敗蘇南的振東集團。」

吳雯愣了一下，問：「你認識蘇南？」

傅華說：「對啊，是我介紹蘇南認識徐市長的。」

想到蘇南結識了徐正竟然還落敗，這吳雯的乾爹真是實力非凡了，傅華心中不由得對吳雯乾爹的來歷更加好奇，不由問道：

「誒，吳總，你這個乾爹什麼來頭啊，怎麼這麼厲害？」

吳雯心裏苦笑了一下，心說你如果知道他是如何才能擊敗蘇南的，恐怕就不會覺得他有多厲害了。

吳雯並不想說出實情，含糊的說：「也沒什麼，他能得標是你們海川市選出來的，具體情形我也不是太清楚。」

傅華笑笑說：「你乾爹去了海川，那吳總就更如虎添翼了，看來你要鵬程大展了。」

吳雯聽了，不禁說：「傅華啊，我在你眼中，就是這麼看重事業嗎？」

傅華說：「我不知道該怎麼說，反正你在我眼中是一個很有主見的女強人。」

吳雯心說，我倒更情願是一個備受男人呵護的小女人，尤其是被你呵護，可是這可能嗎？很久以前我就知道自己已經走上了一條不歸路了，現在只不過是硬著頭皮強撐到底了。

吳雯笑笑說：「想不到你這麼看得起我。」

傅華說：「不是我看得起你，是因爲你就是這樣一個不服輸的女人嘛。」

吳雯笑了，說：「好了，不要再說我了。行了，我就跟你說這件事情，有時間也回海川來嘛，不要在北京娶了老婆，就忘了海川才是你的家鄉了。」

傅華說：「行，那祝賀你和你乾爹了。」

吳雯掛了電話，雖然跟傅華這番談話並沒有談些什麼實質性的內容，可是吳雯身上那強悍的一面又回來了，她感覺自己可以面對一切了。

徐正啊，我什麼場面沒見識過，你不是要我嗎？好，我給你，我不但要給你，而且還會拿出全身的本事好好伺候你，讓你舒服到翻，讓你知道知道我這花魁的名頭也不是白來的。只是那以後，你就無法逃出我的掌心了，看我要如何來擺佈你。

想到這些，吳雯眼中閃現出一道寒光。

晚上，西嶺賓館的宴會廳燈火輝煌，男士們西服領帶，衣冠楚楚；女士們一身華麗的晚禮服，珠光寶氣。

海川市政商兩界的名流聚集於此，海川市新機場項目的得標承建商康盛集團在此舉行慶祝酒會，招待海川市市委和市政府的有關領導以及海川市政商名流。

晚宴是自助形式，賓客們三三兩兩聚集在一起，相互交談著。服務員托著盛滿酒的杯子往來穿梭在人群中。一身黑色晚禮服的吳雯豔光四射，陪著西裝革履的劉康微笑著站在宴會廳的門口迎客。

市委副書記秦屯到了，他看到豔麗不可方物的吳雯，眼睛都直了，暗自咽了一口口水，心說：不知道什麼樣的男子有福氣享受這個尤物啊。

秦屯來西嶺賓館吃過飯，所以吳雯認識他，就迎上去招呼說：「歡迎您的到來，秦副書記。」

秦屯立即握住了吳雯的小手，笑著說：「吳總啊，你今天晚上可真是太漂亮了，我想在場沒有哪一個女人能夠比得過你的。」

吳雯笑笑說：「秦副書記客氣了，來我給您介紹，這是我們康盛集團的劉康劉董事長。」

吳雯邊介紹邊往後退了一步，借機從秦屯緊握的大手中，把自己的手抽了回來。

劉康寒暄著說：「您好，秦副書記，感謝您來參加我們的慶祝酒會。」

秦屯跟劉康握了握手，說：「您好，張琳書記有事不能前來，他讓我代表市委對貴集團得標海川新機場項目表示祝賀，也對貴集團積極參與我們海川的建設表示感謝。」

劉康笑笑說：「謝謝張書記和海川市委對我們集團的支持。」

秦屯看了看裏面，問道：「徐正市長還沒到嗎？」

劉康說：「剛剛劉秘書打電話來了，說徐市長馬上就到，請秦副書記先進去喝一杯酒吧。」

秦屯笑著點點頭說：「好，你先忙，我進去了。」

秦屯就走了進去，很快，一些海川市的官員和商人就聚集到了他面前，形成了一個小小的圈子。

劉康事先已對海川市的頭面人物都向吳雯瞭解了一下，他對秦屯的觀感並不佳，便對吳雯說：「沒想到這傢伙會來。」

吳雯說：「我們給市委和市政府的領導每位都發了請帖，他來也很正常。」

過了一會兒，徐正和常務副市長李濤相伴一起來了，劉康和吳雯立即帶笑迎了上去。

徐正看到盛裝的吳雯，心裏頭便有被電到的感覺，心說爲了這樣一個美人，就算是豁上性命也是值得的，更別說是得罪省委副書記了，他因爲得罪陶文而心生的不愉快頓時一掃而光了。

徐正跟吳雯握手，回頭笑著對李濤說：

「老李啊，看到這麼美麗的吳總，是不是一天的悶氣都無影無蹤了。」

李濤也常來西嶺賓館吃飯，跟吳雯也算熟悉，便附和說：

「是啊，我還是第一次看到吳總穿這種晚禮服，真是高貴大方，豔壓群芳啊。」

吳雯笑說：「徐市長、李副市長還真是會說笑。」

說話間，吳雯瞟了徐正一眼，徐正竟然罕見的臉紅了一下。

劉康跟徐正和李濤也握手寒暄了幾句。貴賓就到齊了，劉康和吳雯就陪著徐正和李濤走進了宴會廳。

劉康站到了麥克風前，他身旁是徐正、李濤、秦屯和吳雯，面前則是來參加酒會的賓客們。

劉康拿著麥克風說：

「尊敬的徐正市長、秦屯副書記、李濤副市長以及各位尊貴的來賓，今天是我們康盛集團得標海川新機場項目的大喜日子，感謝各位在百忙中還能來參加我們這場慶祝酒會，我向各位領導和來賓表示由衷的感謝。……讓我們康盛集團和海川市政府攜起手來，早日將一個國際化、現代化的新機場奉獻給海川市市民。」

隨即，由徐正致詞，對康盛集團的得標表示了祝賀，然後表達了海川市市委和市政府對新機場項目的期待，希望康盛集團能夠建設一座品質優良的新機場出來。

徐正講完話之後，劉康便宣布慶祝酒會正式開始，悠揚的音樂響了起來，便有人邀請女伴陸續走進舞池。

徐正看了看吳雯，伸出手來，說：「我能邀請吳總跳支舞嗎？」

吳雯看了看徐正，笑著把手放到了徐正手裏，說：「我很榮幸。」

徐正牽著吳雯進了舞池，跳得倒也中規中矩。

吳雯說：「沒想到徐市長舞跳得還真不錯。」

徐正笑說：「吳總是不是以爲我是一個老古板啊？」

吳雯意有所指地說：「我倒沒這麼認爲，只是徐市長這段時間的表現常常令我意外啊。」

徐正說：「吳總，你是不是指那件事情啊？難道吳總有悔意？」

吳雯搖了搖頭，說：「我答應了就不會後悔的。」

徐正說：「行，我要的就是你這句話。只是不知道這個承諾什麼時候能兌現啊？」

吳雯笑笑說：「這要看你徐市長了，只要你可以，我隨時都可以。」

徐正手上加了把勁，讓吳雯更加貼近了自己，說：「那今晚可以嗎？」

吳雯並沒有矜持，她將柔軟的身子靠緊了徐正，輕聲說：

「可以啊，不知道徐市長要我到什麼地方去見你啊？」

徐正說：「就在這西嶺賓館不行嗎？」

「行啊，只要你說個時間，我會在房間裏等你。」吳雯說。

徐正看了看吳雯，他對吳雯的平靜淡然有些意外，不管怎麼說，吳雯對自己的行徑應該表現出一些憤慨什麼的吧？可是沒有，吳雯就像什麼事情也沒發生一樣。

吳雯笑笑說：「我們又不是第一天認識，徐市長不用這麼看著我吧？」

徐正說：「我只是有些驚訝於吳總的表現。」

吳雯笑問：「我應該怎麼表現？」

徐正說：「起碼應該生氣啊，生氣我不該以你作爲交易的砝碼。」

吳雯冷笑了一聲，說：「生氣有用嗎？還是生氣能夠讓你改變主意？」

徐正坦白地說：「不能，其實我渴慕你很久了，這是我這一生中唯一能對你一親芳澤的機會，我不會放棄。」

吳雯說：「既然生氣不能改變什麼，那我又何必生氣呢？」

徐正笑了，說：「那倒也是。吳雯，我是真心喜歡你的，你放心，我一定會對你好的。」

與此同時，秦屯端著酒杯也正和劉康在交談著。

秦屯誇讚說：「劉董啊，不得不說你競標這一仗打得十分漂亮啊。」

劉康笑笑說：「這也要感謝貴市市委和市政府對我們集團的大力支持。」

秦屯說：「那也要你們集團有這個實力才行，我真沒想到，康盛集團竟然連鼎鼎有名的振東集團都擊敗了。」

劉康看了秦屯一眼，心說這傢伙原來對競標的狀況很瞭解啊，他一個市委副書記瞭解這些幹什麼，想到秦屯這一次意外的到來，劉康心中暗自揣度，是不是這傢伙想從自己這兒獲取到某種利益啊。這可是要小心應對，不要工程還沒開始，先被人敲了竹槓去。

劉康便笑笑說：「那是蘇南先生禮讓我們了，其實相比振東集團，我們實力還是稍遜一籌的，不過，也正是因爲知道我們實力比不過振東集團，所以才更加用心的來做這個海川新機場的競標方案，才得以雀屏中選啊。振東集團可能是大意失荆州了。」

秦屯笑笑說：「這倒也是。誒，劉董，我問一個也許不太合適的問題，這麼大的工程，貴集團準備完全自己做嗎？」

劉康看了秦屯一眼，問道：「秦副書記這麼問是什麼意思？」

秦屯笑笑說：「我沒別的意思，只是也許貴集團邊邊角角的地方無法兼顧得到，能不能讓我們海川市當地的企業跟著分潤一點啊？」

劉康笑了，他明白秦屯今天來的目的了，眼下自己手裏握有海川市最大的工程項目，肯定海川市很多人都看到了這一點，秦屯今天來，就是爲了某家公司想從自己手裏拿工程去做的。

劉康不想得罪秦屯，這傢伙是地頭蛇，在海川市的地位還很高，他要是跟自己爲難，自己雖然未必怕，卻也是一件很令人頭痛的事。

劉康笑笑說：「我們集團當然是能夠獨立完成這個項目的，不過，這個項目是在貴市，不讓貴市的企業參與這個項目，於情於理都是不太合適的。我們集團遠在北京，什麼都從北京帶過來，從成本上考慮也是很不合適的。因此我們集團已經充分考慮過這些因素了，某些方面一定是要借助貴市的本土企業的。」

秦屯聽了，巴結說：「劉董果然是大企業家，有大企業家的風範，成本和情理都考慮的這麼透徹，難怪能把企業做這麼大。」

劉康心說：你拍我馬屁，無非是接下來想給我推薦分包工程的企業罷了，好吧，我索性讓你得償所願吧。

劉康說：「秦副書記，您這麼稱讚我，是不是什麼企業找到您了，想要讓您幫他推薦給我們集團啊？」

秦屯笑了，指著劉康說：「精明，劉董真是精明啊，一眼就看透了我想說什麼。」

劉康笑笑說：「秦副書記就不要不好意思了，您想做什麼說一聲就行了，以後我們集團要長期在海川這裏戰鬥，還需要您的鼎力支持啊。」

秦屯笑笑說：「劉董不要這麼說，貴集團是來建設海川的，我這個做副書記的，自然應該全力支持，本來今天我是不應該跟劉董談這個的，我來談這個也有點不合適，不過劉董把話說到這份上了，我再不講，就有點矯情了。是這樣，我朋友有一家置業公司，很想參與到新機場建設的土木工程當中去。」

劉康說：「歡迎啊，只要他的品質可以保證，我們十分歡迎。秦副書記什麼時候可以介紹這位朋友給我認識啊？」

秦屯說：「隨時都可以啊，只是有件事情可能需要事先跟劉董說一聲。」

劉康說：「秦副書記有什麼事可以直說。」

秦屯看了看劉康，說：「我這位朋友跟我說，他前段時間犯了點糊塗，冒犯過吳總，不過，他也從吳總這裏得到過教訓了，想讓我問一下劉董，肯不肯給他這個機會化解矛盾，共謀發展。」

劉康馬上就明白秦屯這個朋友是誰了，這個人是海盛置業的鄭勝。

原來鄭勝也一直在關注海川新機場項目，這是一塊大肥肉，他自然很想咬一口。不過他是沒有資格能夠直接參與競標了，他想的只是能夠分包一點土木工程，這麼大的建設項目，土木工程是很大的一塊，能拿下一些，就已經足夠支撐海盛置業幾年的了。

因此在得標結果出來之後，鄭勝馬上就對得標企業康盛集團進行了一番調查，這一調查，鄭勝嚇了一跳，康盛集團原來跟西嶺賓館的吳雯有著千絲萬縷的關係，這個可是冤家對頭啊。

從在小娟那裏被恐嚇了一番之後，鄭勝對吳雯就有些退避三舍了，他知道這個人他惹不起。現在吳雯身後的人物來海川，他們的實力更加壯大了，還不知道以後要怎麼對付自己呢。

鄭勝一方面更加恐懼，另一方面，他也不想放棄分包新機場項目的機會，想來想去，就想到了求和這條路，他想借這個機會主動示好劉康，一方面可以化解矛盾，解除自己對安全的擔心，另一方面，他也想趁機從新機場項目中分一杯羹。

鄭勝不相信這麼大的一個工程，劉康會不需要本土企業的配合，自己在這個時機主動湊上去示好，劉康如果夠精明，一定會接納他的。

現在的關鍵就是要找到一個能夠給自己和劉康牽線搭橋的人，鄭勝把他的朋友在腦海裏過了一遍，很快就想到了市委副書記秦屯，秦屯現在是市委副書記，在海川市也是排名前幾位的人物，這樣一個有影響力的人爲自己出面，劉康肯定不會不給面子。

鄭勝就打電話給秦屯，問秦屯能不能跟康盛集團的劉康搭上線，說他想從海川新機場項目中分一點工程出來做。

秦屯手頭正拿著劉康派人送來的請柬，邀請他參加慶祝康盛集團得標的酒會呢，原本他晚上另有安排，根本就沒想要去參加這個什麼酒會。新機場項目的招標一直被徐正所把持，秦屯相信這個得標的康盛集團一定跟徐正關係匪淺，因此他對這個康盛集團並不感興趣，並不想去參加什麼慶祝酒會捧徐正的臭腳。

秦屯說：「鄭總，我跟劉康並不認識，劉康倒是請我去參加他們集團的慶祝酒會，不過我沒打算去。」

鄭勝笑笑說：「那能不能為了我們海盛置業，請秦副書記屈尊去一趟？」

鄭勝話雖然說得委婉，可秦屯明白這個是不能拒絕的，他這段時間又用了鄭勝不少錢，如果這點小事他都不能幫鄭勝辦，那鄭勝一定不會高興的。

秦屯便說：「行啊，那我讓秘書通知康盛集團一聲，我晚上會去參加這個酒會的。」

鄭勝說：「那謝謝秦副書記了。到時候，我希望秦副書記幫我在劉康面前引薦一下，最好是能安排坐在一起。」

秦屯說：「引薦一下是可以，不過這個新機場項目一直在徐正的把持之下，這家集團能得標，肯定與徐正有莫大的關係，怕是到時候他不一定同意會跟你見面啊。」

鄭勝說：「我想他不會這麼不識趣，徐正雖然是市長，可也不能什麼事情都幫他做，他如果懂得人情世故，一定會同意的。」

秦屯說：「那好吧，我跟劉康說就是了。」

鄭勝說：「不過，還有件事情我要事先跟你說一聲。」

鄭勝就講了他跟吳雯之間衝突的大致經過，不過他對自己加害吳雯和吳雯找人報復自己的細節語焉不詳，只是說起了衝突，然後被吳雯教訓了一下。

說完經過，鄭勝說：「你替我跟劉康道個歉，就說我已經知道錯了，希望他能給我一個機會，化解矛盾，共謀發展。」

於是這才有了秦屯來參加酒會，又在酒會上跟劉康談起分包項目的事情。

劉康在腦海中很快思索了接納鄭勝的利弊，鄭勝是一個被打趴了的對手，能夠找到市委副書記搭線跟自己認識，說明這傢伙是要向自己投降，這樣一個人用起來會很聽話的。

劉康便說：「秦副書記說的朋友，是海盛置業的鄭勝吧？」

秦屯笑笑說：「看來劉董知道鄭勝這一號人物，倒省得我介紹了。不知道劉董願不願意跟他在一起坐一坐，吃頓飯什麼的？」

劉康笑了，說：「可以啊，多個朋友多條路，要不，什麼時間安排他來西嶺賓館坐一下好了，我請客。」

秦屯笑笑說：「劉董果然是大地方來的人，有雅量，回頭我就跟鄭勝說一聲，讓他登門拜訪。」

劉康說：「那我就恭候了。」

這時一曲終了，徐正和吳雯停下了舞步，相攜退出了舞池。

劉康笑著說：「想不到徐市長舞跳得這麼好。」

徐正說：「讓劉董見笑了，我這舞只是應付場面而已。時間不早了，我也該回去了。」

劉康挽留道：「徐市長就多玩一會兒嘛。」

徐正搖了搖頭，說：「我還有事，先走一步了。」

吳雯在一旁說：「我送你，徐市長。」

劉康看了看吳雯，說：「是啊，小雯，你送送徐市長。」

吳雯就陪著徐正往外走，一直將徐正送到他的轎車旁邊，吳雯伸出手來，說：「感謝徐市長今晚的光臨。」

徐正握住了吳雯的手，感覺到吳雯手心裏有一張卡片，便在手收回來的時候，將卡片握到了自己手裏。

徐正笑笑說：「好了，你回去吧。」

徐正上車離開了，吳雯又回到了酒會上。

這時，秦屯和李濤見徐正離開，便紛紛告辭，劉康和吳雯就送他們到了門口。

在門口，看著二人離開後，劉康看著吳雯，問道：

「剛才跳舞的時候，徐正跟你提出來他的要求了？」

吳雯點了點頭，「提出來了，我把我房間的門卡給他了，我想今晚他就會過來的。」

劉康嘆了口氣，有些不知道說些什麼好。

吳雯知道劉康心裏彆扭，就換了話題，問：「剛才我跳舞的時候，看你跟秦屯說得很熱乎，他說了些什麼啊？」

劉康笑笑說：「你絕對猜不到他找我談什麼了。」

吳雯好奇說：「他談了什麼？」

「他是替鄭勝來求和的。」劉康說。

「鄭勝？」吳雯驚訝的叫了起來，「就是找人來撞我車的那個鄭勝？」

劉康說：「對啊，他想參與新機場項目的工程。」

吳雯看了看劉康，說：「那乾爹你答應了？」

劉康說：「我同意跟他見面坐一坐，怎麼，小雯你現在還介意這件事情嗎？我想我已經給他足夠的教訓了。」

吳雯笑笑說：「無所謂了，只要他不跟我們搗亂，乾爹要用他就用他吧。」

徐正和一些市裏面的主要領導離開了，酒會失去了中心人物，客人們就陸續散了。

吳雯和劉康各自回到了自己的房間，吳雯沖了澡，穿了睡衣，關了燈躺在床上，她不知道徐正什麼時間會來，既然她已經答應了他，她希望盡快將這個承諾兌現，因此此刻她是盼望著徐正早一點來的。

當然，吳雯並不是像渴盼情郎到來一樣盼望徐正的到來，她只是覺得這是兩人之間的一種交易，她希望早點把這個交易完成而已。

就在吳雯快要進入夢鄉的時候，她的手機響了起來，接通後，徐正壓低了聲音說：「酒會散了吧？現在可以去你那裏了嗎？」

吳雯心裏搖頭，徐正這樣做讓她感覺很鬼祟，說：「來吧，我在房間裏等你。」

徐正說：「好，我就在賓館外面，馬上就進去。」

吳雯掛了電話，將手機扔到了一邊，她此刻的心情很平靜，甚至有些冷漠，該來的總是要來的。

一個打扮得有點怪異的人走進了西嶺賓館。他戴著一頂壓得很低的鴨舌帽，衣領豎了起來，這副打扮讓人很難看到他的臉是什麼樣子。

怪客進門後，絲毫不旁顧，就直直的向電梯門走過去，電梯門打開後就急忙閃了進去。

吳雯聽到門被打開的聲音，她的眼睛習慣了黑暗，看到徐正熟悉的輪廓，知道她等的人來了，便伸手想去開床頭燈。

「別開燈！」徐正低聲說，這倒不是他看到了吳雯要開燈的動作，而是他進門就不自覺的說出了他內心中對這一刻又期盼又恐懼。

他不知道自己爲什麼不想讓自己暴露在燈光下，反正潛意識中，他是不願意面對即將發生的事情的，彷彿只要不開燈，黑暗就可以吞噬和化解這所有的一切。

吳雯縮回了按向開關的手，她心中暗自嘲笑徐正的虛僞，做都做了，偏偏還不敢見光。她不知道徐正下一步要做什麼，便靜靜的躺著，等著徐正進一步的動作。

徐正眼睛適應了一下室內的黑暗，然後走到了床邊，床上的吳雯穿著一身薄紗的睡衣，雖然在黑暗中看不清薄紗下面的胴體，可那高聳的山峰和幽幽的深谷形成了凸凹有致的玲瓏曲線，徐正在腦海裏想像這曲線已經很久了，此刻觸手可及，激動得渾身就像著了火一樣，熱血頓時沸騰了起來。

他顫抖著伸出手去觸摸著，先摸到了吳雯的胳膊，他的手彷彿觸摸到了像玉一樣滑膩的肌膚，鼻子裏嗅到了玫瑰花一般的體香，此刻他才相信這個國色天香的美人屬於自己了。

吳雯在徐正的手觸碰到她的肌膚的時候，渾身哆嗦了一下，這雙手手心濕漉漉的，沒有一點男人應有的果敢，有的只是謹慎和試探，不但沒讓吳雯感到絲毫的舒服，反而讓她從心底裏厭惡，讓她不得不拼命抵抗著像潮水一樣湧起的噁心，才能不從徐正的手底下逃開。

吳雯像一隻待宰的羔羊靜靜地不動，任憑徐正的手在她身上遊走，慢慢地，她的溫順讓徐正的膽子大了起來，他的手觸及到吳雯溫柔的臉蛋和髮梢時，順勢用手捧起了吳雯的臉，便吻住了吳雯的嘴唇。

吳雯嚶嚀了一聲，嘴便張開了，接納了那個已經被欲念點燃了的火熱的舌頭，徐正此刻再也無法壓住自己的渴望，他不再謹小慎微，而是用力地抱緊了吳雯，噙住了她溫暖香軟的舌頭，貪婪的吮吸著。

在徐正的吮吸下，慢慢地，吳雯有些羞恥的感覺到她的身體在蘇醒、在發熱，自離開仙境之後，她已經很久沒有被男人觸碰過了，她歷經滄海，本來以為自己可以做到心如止水，可是現在在徐正這個她本來厭惡的男人的挑逗下，欲念還是難以抑制的被喚醒了。

她畢竟是一個花樣青春的女人，她也渴望得到男人的愛撫。吳雯不再漠然，她在腦海裏把徐正的樣子置換成了傅華，徐正的愛撫便成了她渴望得到的傅華的愛撫。

這是她在仙境屢試不爽的經驗，把自己厭惡的男人想像成自己渴望得到的情郎，她就能把一場受難變成心理上最愉悅的享受。

吳雯開始熱烈的回應著，黑暗中，在吳雯腦海中，她的香舌和傅華的舌頭糾纏著，她的手撕扯撫摸著傅華健美的身體，很快傅華就被她撕扯成身無寸縷，她呻吟著把傅華的雙手按在了玉峰頂上，她敞開了自己，接納傅華，讓他成爲她這條小船的舵手，她現在就是這狂濤駭浪中的一葉扁舟，她要托著情郎光滑結實的身軀，隨著波浪起伏，一路歡唱著，駛向快樂的彼岸。

潮水劇烈的抨擊著船體，吳雯隨著潮水湧起、墜落，黑暗成了她這一場偷歡最好的掩護，在那快樂的巔峰上，她口乾舌燥，嬌軀被這地獄的烈火焚燒成了粉末……

喘息久久不能平復，傅華在身旁輕撫著她，讓她在潮水滑落之際，仍然感到無比的快樂。

一個男人的聲音在耳邊響起：「吳雯，你讓我太快樂了。」

吳雯的快樂戛然而止，她聽到的是徐正刺耳的聲音，她腦海中爲自己營造的一切美好瞬間被這聲音擊破了，她的身體僵直了，不自主的叫了一聲：「不要說話。」

此刻吳雯還不想從這一場夢境中的快樂中醒過來，她想沉浸其中，起碼暫時不要去面對殘酷的現實。

徐正以爲吳雯不想因爲談話打斷她身體的快樂，便沒再說話，身子貼近了吳雯的嬌軀，溫柔的撫摸著吳雯滾燙的身體。

夢境已經被打破，就很難再重圓，吳雯再次感受到了徐正手心的濕膩，這種濕膩讓她感覺就像在被一條蛇撫摸著，渾身都不自在，她不再是在溫柔的情郎懷抱裏了，她滾燙的身子很快就冷了下來。

徐正感受到了吳雯的不自在，他以爲這是因爲兩人的陌生造成的，他已經享受到了最巔峰的激情，享受到了吳雯帶給他這輩子從來沒享受過的美好，他心滿意足，這樣的女人真是値得付出一切來擁有。

是時候趕緊撤離了，再過一會兒，馬路上清掃的清潔工該要上工了，如果被他們看到平時一向威嚴的市長鬼祟的行走在大街上，還不知道會作何感想呢。

徐正在吳雯的脖子上吻了一下，放開了她，摸索著將衣服穿了起來，沒說什麼，便打開門溜出了房間。

前臺的服務員正坐在櫃臺裏面打瞌睡，徐正快步走過了大廳，閃出了大門，消失在夜色中。

徐正自以爲神不知鬼不覺，他不知道有一雙眼睛自始至終在盯著西嶺賓館的大門口，他看到了徐正的到來，也看到了徐正匆忙的離去。

這個人就是劉康，從他知道徐正今晚要來的那一刻起，便知道這一夜對他來說，將是一個不眠之夜。

隨著年歲的增長，睡眠對劉康來說，變得越來越可有可無，有時候明明一夜未睡，可仍然絲毫不覺得困倦，此刻的他更是如此。

從徐正鬼祟的帶著鴨舌帽進入到賓館的那一刻起，每一分一秒對於劉康來說，都是一種煎熬，他無法停止讓自己一直去想像徐正蹂躪吳雯的情形，他感覺就像自己的女人在被徐正強姦一樣，那種痛雖然不會撕心裂肺，可是每一秒鐘的滴答聲都讓他的心臟像被針刺了一下一樣，疼痛不止。

一直以來，劉康始終不明白爲什麼自己要對吳雯這麼好，此刻他明白了，吳雯實際上是他心中的禁臠，他像呵護一個易碎的瓷器一樣在呵護著她，他捨不得佔有她，就是怕碰碎了她。

而現在這個禁臠竟被一個無賴的登徒子肆無忌憚地蹂躪，偏偏自己只能在一旁眼睜睜的看著，甚至不能露出絲毫的憤怒，這讓劉康有了情何以堪的感覺。

這一切是自己一手造成的，可是自己卻無法忍受下去，看來自己是老了。以前自己爲了獲取某種利益，比這更大的代價都付出過，那時候可沒感覺到情何以堪，是不是自己老了，所以不適應這弱肉強食的社會了?!

劉康忽然有了急流勇退的想法，他賺到的錢幾輩子都花不完了，還那麼辛苦的在這社會上掙扎幹什麼?財富對他來說已沒有任何實質性的意義，是時候該收手了。

眼前這項工程完成之後，自己乾脆領著吳雯找一個地方養老好了，也許移居國外是一個很好的去向。那時候，自己帶著一大筆財富領著吳雯，滿可以愜意的生活下去，吳雯願意跟自己在一起，那就在一起；如果她想嫁給別人，他也不會反對，只要她在自己身邊就好。

劉康想到這裏，便打定主意要給自己和吳雯辦理移民了。

叢林法則

劉康將秦屯和鄭勝的神情都看在眼中，暗自好笑，
他想要的就是這種威懾的結果。
鄭勝出身草莽，服從的是叢林法則，這種人向來是誰強誰是老大，
自己需要給他們必要的威懾，他們才會服服貼貼，
就不敢輕易跟自己搞鬼了。

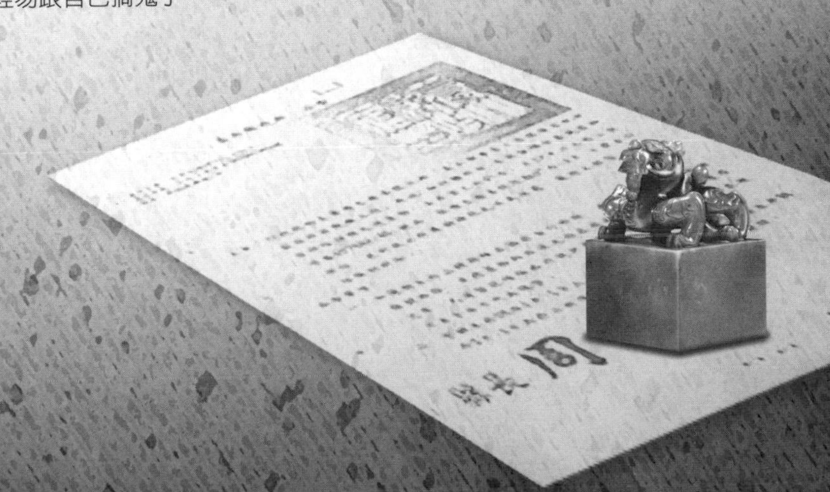

上午，吳雯起得很晚，到辦公室的時候，劉康已經坐在那裏喝茶了。

吳雯笑笑說：「乾爹，怎麼這麼早？」

劉康上下打量了一下吳雯，雖然經過徐正一夜的蹂躪，吳雯絲毫沒顯得憔悴，反而像風雨過後盛開的牡丹，顯得更加嬌豔，更加華貴。

劉康心裏暗自欣慰，吳雯真的跟自己是同類人，識時務，做事不擇手段，把無法抗拒的摧殘當成一次快樂的歷練，也只有這樣，才能適應這個社會，才能成爲這社會適者生存的優勝者。

劉康笑了笑，說：「乾爹上了年紀了，沒你們年輕人那麼能睡了，我早就起床了。」

這時，辦公室的電話響了起來，吳雯接了，說：「你好，哪位？」

對方笑著說：「你好，吳總，我秦屯啊。」

「秦副書記啊，這麼早打電話來有什麼指示嗎？」吳雯說。

秦屯笑說：「哪裡敢指示吳總啊，我只是想看看你們集團的劉董現在有沒有時間，我有一個朋友想去拜訪他。」

吳雯捂住了話筒，看著劉康說：「秦屯的電話，找您的。」

劉康將電話接了過去，笑著說：「是秦副書記啊，您好。」

秦屯說：「您好，劉董，您還記得昨天我跟你說的那件事情嗎？」

劉康笑笑說：「當然記得，您秦副書記說過的事情我哪敢忘記啊，是您那位叫鄭勝的朋友要過來是吧？歡迎啊。」

「好，那我就帶他馬上過去。」秦屯說道。

秦屯便掛了電話。

劉康看著吳雯，說：「鄭勝要來，一會兒一起見見吧。」

吳雯說：「這傢伙還有臉來見我嗎？」

劉康笑說：「商場其實和戰場是一樣的，沒有永遠的敵人，也沒有永遠的朋友，只有能把人聚集在一起的利益。這個人肯被我們利用，那我們就歡迎他。」

過了半個小時多一點，兩輛轎車駛進了西嶺賓館，秦屯和鄭勝下了車，劉康和吳雯迎了出來。

劉康笑著跟秦屯握手，說：「您好，秦副書記。」

秦屯說：「您好，劉董，來，我給你們二位介紹，這位是海盛置業的鄭勝鄭總。」

鄭勝雖然跟吳雯暗戰了一番，雙方曾經打得你死我活，可是還是第一次這麼接觸吳雯和劉康。

劉康伸出手來，說：「久聞鄭總大名了，只是緣慳一面啊。」

鄭勝跟劉康握了握手，笑笑說：「不好意思，以前是小弟不懂事，冒犯了劉董和吳總，兩位能大人大量，不跟我計較，我心裏十分感謝。」

劉康笑笑說：「那都是過去的事情了，過去的就讓它過去吧。」

鄭勝說：「那真是太感謝了。昨天劉董集團大喜之日，我卻沒能來當面道賀，真是抱歉啊。我現在向兩位道一聲恭喜，不晚吧？」

劉康說：「鄭總太客氣了，朋友的恭喜什麼時候都不會晚的。兩位裏面請吧，我們進去說話。」

劉康和吳雯就將秦屯和鄭勝請進了吳雯的辦公室，坐定之後，吳雯給他們泡上了茶。

鄭勝說：「劉董強將手下無弱兵啊，吳總將這西嶺賓館打點得井井有條，真是令人佩服。」

吳雯笑笑說：「鄭總真是誇獎了。」

劉康看了看鄭勝，他不想跟鄭勝兜什麼圈子，便說：

「鄭總啊，秦副書記已經跟我談過你的意思了，新機場項目本身就是海川市的工程，我們集團當然十分歡迎海川市的企業參與了。而且這麼大的工程，也需要大家一起努力才能把它建好嘛。只是不知道貴公司承建工程的品質如何？」

鄭勝笑了，心說這老傢伙果然識時務，知道強龍不壓地頭蛇，便說：「謝謝劉董肯給我們海盛置業這個機會。您放心，我們公司是具備承建新機場項目的土木工程的執照的，相關的資料我已經帶來了。」

說著，鄭勝將海盛置業的說明文件拿了出來，交給劉康。

劉康接了過來，看了看之後，說：「鄭總做事俐落，秦副書記推薦的果然不錯，我看這個資格沒問題，找個時間我們詳談一下，看一看我們兩家怎麼個合作法。」

秦屯笑著說：「劉董真是爽快啊，這麼快就能拍板，真是雷厲風行。」

鄭勝也附和著說：「佩服，佩服。我真是要跟劉董好好學習一下這種做事的風格。」

劉康笑說：「兩位就不要拍我馬屁了，我們這些民營企業這些年能夠在社會上獲得一點立足之地，不就是因爲我們反應迅速嗎？如果像國營企業那樣決策要經過多方請示，我們這些民間企業豈不早就倒閉了嗎？」

鄭勝聽了，笑說：「劉董一言中的，精闢啊。」

合作大體敲定，幾個人又說了一會兒閒話，劉康看看時間到了中午，便站起來說：「今天兩位能夠大駕光臨，是我劉某人的榮幸，就請兩位在這裏吃頓便飯吧。」

鄭勝推辭說：「這怎麼好意思呢，按說是應該我請的。」

劉康笑笑說：「今後大家就是合作夥伴了，一頓飯而已，不必分得這麼清楚。」

秦屯說：「劉董這句大家是合作夥伴說得真是太恰如其分了，那我們就恭敬不如從命了。」

一行人就被帶到了餐廳的雅座裏，劉康坐了主位，主客的位置出於尊重市委領導，讓秦屯坐了，鄭勝則坐在副客的位置上，吳雯作陪。

菜式很講究，魚翅鮑魚都上了，酒開了茅臺。

小姐剛要給客人倒酒，鄭勝便站起來說：「劉董，我有一個不情之請，不知道可不可以？」

劉康笑了起來，說：「我都說了大家以後就是合作夥伴了，不用這麼客氣，鄭總要做什麼，就請隨便。」

鄭勝就吩咐服務小姐說：「小姐，你把酒瓶給我，然後再給我拿兩個杯子來。」

小姐看了看吳雯，吳雯點了點頭，說：「照鄭總的吩咐去做吧。」

小姐就把酒瓶遞給鄭勝，又拿了兩個杯子給他。鄭勝在自己面前把三個杯子一溜擺開，拿起酒瓶倒滿了三個杯子，然後端起了第一杯酒，說：

「今天得蒙劉董和吳總看得起我，我可以坐在這裏跟兩位一起喝酒，兩位的大人大量，我十分感激，越發慚愧自己當初的糊塗行徑，所以我在這裏自罰三杯，當做給兩位的賠罪。」

說完，沒等劉康和吳雯說些什麼，仰脖就把第一杯酒給喝掉了。然後抓起第二杯就要接著喝。

劉康伸手攔住了鄭勝，說：「鄭總啊，我不是說那件事情過去了嗎？」

鄭勝說：「劉董，你別攔我，這三杯酒你一定要讓我喝完，不然就是你看不起我。」

劉康笑笑說：「那我陪鄭總喝。」

鄭勝堅決的說：「那可不行，劉董如果要喝，那等我喝完這三杯酒，我再敬你。」

劉康本身就是黑白兩道都踩的人物，對鄭勝這種爽直的性格倒有幾分欣賞，他知道這種人是比陰陰的坐在一旁的秦屯要好很多的，處理好了倒是一個可用的幹將。

劉康便鬆開了手，說：「那行，我就不攔你了。」

鄭勝沒再說什麼，接連兩下將三杯酒全部喝完了。

劉康看著鄭勝說：「鄭總，這三杯酒喝完，我們之間的梁子就此揭過，從此以後誰不准再提了。」

鄭勝爽快地說：「好，就此揭過。來，我敬劉董一杯。」說著，鄭勝給劉康滿斟了一杯酒，然後又給自己添上，端起酒杯去跟劉康碰杯。

劉康看鄭勝一下子喝完三杯，面色絲毫未變，心中暗道這傢伙酒量還真不錯。他們這些人向來都認爲酒品就是人品，因此對鄭勝心裏更有了一定的認識，便跟他碰了碰杯，將杯中酒一飲而盡了。

這場賠罪作爲花絮就此完結，酒桌上恢復了正常秩序，劉康作爲主人，領著大家一起喝起酒來。席間難免對秦屯盡力奉承，秦屯高興之餘就難免多喝了幾杯。

酒宴結束時，秦屯、鄭勝和劉康都頗有了些酒意，只有吳雯沒有被勸喝太多酒。

秦屯看著劉康，笑笑說：「今天能夠認識劉董這個好朋友，真是高興，如果劉董不嫌棄，我們換個地方放鬆一下好不好？」

鄭勝說：「是啊，劉董，不瞞您說，我有一個休閒性質的莊園，裏面的桑拿很不錯，給個面子一起去鬆鬆筋骨吧？」

劉康看看鄭勝，說：「行啊，我這個老骨頭也真是需要放鬆放鬆了。」

鄭勝又看了看吳雯，說：「吳總也一起吧，我們那裏也有女賓部。」

吳雯笑了笑，她心中很清楚桑拿是個什麼場所，那裏是男人的天堂，她一個女人去摻合就有些不知趣了。便笑笑說：

「我就不去了，我昨晚沒休息好，現在有點不舒服，想回去睡一會兒。」

劉康聽吳雯這麼說，看了看她的臉色，關心的說：

「你是有些憔悴，回去睡一會兒吧。」

鄭勝和秦屯相互看了對方一眼，他們心中同時想到，這吳雯怕是劉康的情人，他才會這麼關心她。想到這麼一個如花似玉的美人卻被這樣一個老頭子享用了，兩人心中都有些酸酸的，十分羨慕這個老傢伙的豔福。

吳雯點了點頭，說：「秦副書記、鄭總，不好意思，我就不奉陪了。」

秦屯和鄭勝都說：「行啊，吳總，你去休息吧。」

吳雯就回房間去了。

秦屯和鄭勝、劉康三人驅車前往海盛莊園。

到了海盛莊園，劉康對這裏的環境大加讚賞，只是說養那麼多狗有些呱噪。鄭勝心說：我這還不是被你這傢伙嚇的，一面將秦屯和劉康請進了桑拿室。

服務人員見老闆親自領著人進來，趕忙過來伺候，三人就寬衣解帶，準備進浴室。

劉康的衣服脫掉時，鄭勝和秦屯都有些愣住了，他們驚訝於劉康這老傢伙一把年紀了，卻還是一身肌肉，十分健碩，更驚訝在劉康後背上還紋著一條張牙舞爪、十分兇猛的青龍。

這條青龍栩栩如生，飛揚跋扈，看上去惡狠狠地，讓兩人都不免心生寒意，心想這劉康到底是什麼來歷啊？他身上的這條惡龍又代表什麼？他到底是怎樣一個人啊？

劉康將秦屯和鄭勝的神情都看在眼中，暗自好笑，他想要的就是這種威懾的結果。鄭勝出身草莽，服從的是叢林法則，這種人向來是誰強誰是老大，自己需要給他們必要的威懾，他們才會服服貼貼；而秦屯是仕途中人，這種人向來把權力和生命視爲是最重要的，自己給了他這種威懾，他就不敢輕易跟自己搞鬼了。

劉康笑了笑說：「我們這也算是赤誠相見了。」

秦屯乾笑了一聲，他還沒從劉康身上的紋身的震驚中完全恢復過來，他很不願意跟劉康這種看上去根本就是混黑社會的人來往，這種人物無論從哪個角度來看都是很危險的，不過不願意往來也已經往來了，現在這個場面還需要撐下去，便說：

「呵呵，我們還真是赤誠相見。」

相比劉康，鄭勝雖然年輕很多，可是肌肉鬆弛，只是一堆白膩的肥肉而已，看來這傢伙太平日子過得太多，養尊處優久了，已經不復那麼強悍了。

鄭勝看了看劉康，試探著問道：「劉董啊，你這後背上紋了這麼大一條龍，當初紋的時候很痛吧？」

鄭勝是帶著羨慕的口氣問的，他還在草莽的時候，也曾想要紋身，但後來怕痛就退縮了，因此看到劉康的紋身，自然想到了這個問題。

劉康笑了笑，說：「當時也沒覺得怎麼痛，呵呵，年輕的時候哪知道痛啊？這也是我年輕時混賬，覺得好玩就紋了，兩位現在看到了是不是覺得很好笑啊？」

秦屯哪裡敢說好笑，立即說：「那裏，很生動，很漂亮，像一幅畫一樣。」

劉康笑笑說：「秦副書記真會說話。其實那時候是幼稚，以爲紋這麼條龍大家都會怕你，就會服你。後來慢慢有了些年紀之後，才知道人們服我的是因爲我的實力，而不是有這麼一條虛有其表的龍。」

秦屯和鄭勝心中都是一凜，這老傢伙話中有話啊，這是在警告他們不要跟他搗鬼啊。

秦屯沒經過鄭勝那一場驚嚇，對劉康的警告還感受不深，只是心中暗自認爲這傢伙不好得罪而已。而鄭勝被劉康收拾過一次，知道這老傢伙背後的勢力深不可測，心中不免更加恐懼了。看來以後要服服貼貼的跟他合作了。

三人說著話就到了浴池邊，各自下了浴池，劉康仰躺著，微瞇著雙眼，笑著說：「不知道爲什麼，我始終感覺泡澡是最舒服的，我現在還很懷念當初北京的那些大澡堂子，雖然沒有現在這些奇奇怪怪的花樣，可是泡上去就是那麼舒服，可惜那些大澡堂子都消失了。」

三人都是有點年紀的人，對泡大澡堂子都有著深刻的記憶，那時候物質條件匱乏，洗個澡是很不方便的，往往好長時間才能洗上一回，現在倒是隨時都可以，可是那洗澡的樂趣卻沒有了。

秦屯便笑說：「這倒也是。」

三人說著閒話，泡了一會兒，便一起去了乾蒸室。

乾蒸室是一間狹長的木板房子，裏面溫度極高，蒸汽騰騰，光線顯得含混曖昧。三人在腰間各自圍了一條浴巾，坐到了熱烘烘的木臺上。

屋角的桑拿石被燒得有些發黑，劉康似乎還覺得屋內的溫度不夠高，從木桶裏舀起水澆到了桑拿石上，只聽嗤啦一聲，一股白煙升騰起來，瞬間，白煙消失，化作滾滾熱浪襲向三人，汗水就從三人的身上冒了出來，渾身的骨縫好像都開了，說不出來的舒坦。

鄭勝很快就大汗淋漓，看看劉康，劉康的老臉現在被室內的高溫蒸騰得紅撲撲的，多少有點返老還童的意味，他的眼皮耷拉著，對室內的高溫若無其事。

鄭勝心說：這老傢伙身體還真好，自己都有些感覺頭暈了，他竟然還樂在其中。鄭勝本來想出去透口氣，看劉康這個樣子，心中便有些較勁的意思，打消了出去的念頭，想跟劉康熬一熬，看誰能夠撐到最後。

劉康並沒有去看鄭勝和秦屯，他只是耷拉著眼皮，似乎完全沉浸在自己的氛圍中。

熱浪很快就消失，劉康再一次拿起木勺，又是一勺水澆到了桑拿石上，熱浪又滾燙起來，鄭勝感覺汗被一層層逼了出來，在他身上形成一道一道的小水流流了下去。

秦屯有些受不了乾蒸室內的高熱，從木臺上站了起來，說：「太熱了，我出去透口氣。」說完，秦屯就走出了乾蒸室。

門一開一合，讓坐在靠門近的的鄭勝感受到了一絲清涼，好受了很多，他看了看劉康，很想看到劉康也跟秦屯一樣站起來，走出乾蒸室，好讓自己在這一場心中的暗戰中獲勝。

但劉康還是那副若無其事的樣子，他的眼皮還是耷拉著，等熱浪消失了之後，還是拿起了木勺，嗤啦一聲又在桑拿石上澆了一勺水。

嗤啦聲在鄭勝的耳朵裏變得十分刺耳，他開始感覺到頭有些發脹，呼吸變得困難，每一秒鐘都變得有些漫長，但是他的倔勁上來了，心說我就不信撐不過你這個老頭子，於是鄭勝爲了這一場可能劉康都沒察覺的戰爭咬著牙堅持著。

劉康還是那樣坐著，過一段時間就澆水，沒有絲毫多餘的動作，似乎這乾蒸室的高溫對他來說根本就是不存在的。

鄭勝的思維開始無法集中了，他渾身感覺像著了火一樣滾燙，他的心砰砰的跳著，聲音之大讓他感覺就像有人在敲鼓，他眼前的景物開始模糊，劉康身後那條青龍在他眼中開始升騰起來，張牙舞爪的向他飛了過來。

鄭勝知道他無法再堅持下去了，再堅持下去，他可能就要喪命在這裏了，他站了起來，想要走出去，沒想到卻腳下一軟，眼前一黑，一個踉蹌摔倒在地上。

睜開眼睛的時候，一片清涼，世界又恢復了原樣，鄭勝看到自己躺在了床上，秦屯和劉康在眼前正看著他。

劉康見鄭勝睜開了眼睛，笑說：「哎呀，鄭總啊，剛才真是被你嚇壞了，你受不了乾蒸室的高溫可以早點出去嘛，幹嘛非要陪著我熬呢？」

劉康一副渾身清爽的樣子，似乎很享受剛才這一場乾蒸，鄭勝心中暗叫這老傢伙簡直不是人，自己還是沒鬥過他。

秦屯有些不解的看著鄭勝，說：「鄭總啊，你今天這是怎麼了？怎麼會暈倒了呢？是不是中午的酒喝得有點多？」

鄭勝不好說自己在暗自跟劉康較勁，虛弱的笑了笑說：「也許吧，我中午可是比你們多喝了三杯呢。」

因爲鄭勝暈倒，劉康便沒有了繼續玩下去的興致，便告辭要離開，鄭勝雖想挽留，可是他渾身的氣力還沒有恢復，挽留便有些有氣無力，劉康便讓他好好休息，以後他有的是機會來這裏玩的，鄭勝也就沒再勸下去。

秦屯雖然很想留下來，他知道鄭勝下面肯定會有很好的安排，可鄭勝現在這副樣子，讓他也覺得留下來不太合適，就跟著劉康一起離開了。

劉康回到西嶺賓館，正遇到吳雯在大廳裏忙碌，便過去關心的說：「你不是說要休息一會兒嗎？」

吳雯笑笑說：「我是不想跟你們去，誒，去了哪裡，鄭勝沒惹您吧？」

劉康笑了，說：「明面上沒有，不過這傢伙暗地裏跟我較勁，想看看我們誰能在乾蒸室熬的時間長，結果竟昏倒了。」

吳雯看了看劉康，說：「那乾爹你沒事吧？」

劉康笑了：「我倒是蒸透了，神清氣爽啊。」

吳雯仍有些不放心，嗔怪的說：「乾爹啊，你年紀也不小了，幹嘛跟他鬥這種氣啊，有個閃失可不好。」

劉康說：「你不明白鄭勝這種人，只有能壓他一頭，他才會老老實實聽話的。」

吳雯說：「乾爹啊，你這麼重視鄭勝嗎？」

劉康笑了，說：「我不是要重視他，你知道當初他爲什麼敢對你下手嗎？」

「爲什麼啊？」吳雯問。

劉康說：「因爲看上去你在本地並沒有什麼根基，即使當時你已經有徐正出面支持你，但是徐正本身就是外地派來的，他在海川也是無根的浮萍，自身當時都很難保，更別說護著你了。你那時惹到了鄭勝，他自然敢來對付你。另外一方面也是因爲鄭勝是本地人，又在海川打拼了這麼多年，是有根基的。我們在這裏做工程需要協調很多方面的關係，有這麼一個人幫我們衝鋒陷陣，我們就可以輕鬆很多的。」

吳雯聽了說：「這倒也是。」

劉康看看吳雯，說：「說到徐正，我正好有話要問你，我們去辦公室談吧。」

吳雯就跟著劉康去了辦公室，坐定之後，劉康看著吳雯的眼睛，表情嚴肅地說：「小雯啊，我下面要問的話很重要，希望你能老實回答我，好嗎？」

吳雯笑說：「乾爹，你怎麼突然這麼鄭重了起來，你要問什麼就問吧，我對你是不需要隱瞞的。」

劉康說：「早上太匆忙我沒來得及問你，昨晚徐正跟你相處還愉快嗎？」

吳雯苦笑了一聲，說：「乾爹，你覺得我會愉快嗎？」

劉康說：「我知道，當初你從仙境夜總會離開就沒打算再做這些事情，現在被逼著做了，當然不會愉快了。不過我想問的不是你，而是徐正，你知不知道他感受如何？」

吳雯看了劉康一眼，說：「乾爹啊，你問這個令人很尷尬啊。」

劉康說：「這個很重要，我需要據此判斷徐正下一步可能做什麼，你就如實說吧。」

吳雯想了想，說：「我相信他是很愉快的，結束的時候，他還跟我說他很快樂。」

劉康說：「這麼說，你有信心徐正以後還會來找你？」

吳雯看看劉康，說：「那我就不清楚了。」

劉康說：「小雯啊，這件事情既然已經發展成這個樣子，你不想做的事也已經做了，所以我想，下面索性做大一點，我們要好好利用一下這個徐正，徐正畢竟是市長，手頭可以動用的資源很多，我們不好好利用他，實在有點對不起他。」

吳雯被徐正逼著重做了馮婦，那些已經過去很久快要被淡忘的恥辱又被重新喚醒，此刻心中對徐正只有恨意，以前的好感都沒有了，便問：

「乾爹，你對徐正有什麼打算嗎？」

劉康說：「小雯，這一次爭取海川新機場項目讓我感覺自己有些老了，也許是我該收山的時候了，所以我打算這個工程做完，移居到國外去生活，你如果不反對的話，我想到時候你跟我一起去。」

吳雯嘆了口氣，她原本從北京回到海川是打算幹一番事業給家鄉的父母、親人看的，可是事情變成這個樣子，讓她感覺沒有什麼顏面在父母面前揚眉吐氣了。這世界上也沒有什麼不透風的牆，自己跟徐正的事早晚會曝光的，到那個時候，還不知道父母會氣成個什麼樣子呢？也許早日脫離這是非之地是一個不錯的主意。

吳雯想了想說：「我不反對，我跟乾爹一起走。」

劉康說：「那我們就說定了，我有個朋友可以幫我們辦理到加拿大的投資移民，回頭我就從集團調一筆錢給他，讓他幫我們辦理相關的移民手續。」

吳雯說：「行啊，我聽乾爹的。」

劉康說：「我是這樣想的，既然我們想要離開這個國家，那我們走之前就應該利用徐正好好賺上一筆大的，以作爲我們在國外的生活和發展基金。」

吳雯說：「那乾爹打算怎麼做？」

劉康說：「現在我們先不要急，這件事情我還沒考慮成熟，等我想清楚具體怎麼做再告訴你。只是徐正要是再來招惹你，我希望你能繼續跟他應酬下去。」

吳雯淡然地說：「好吧，反正已經有了第一次了，後面也就無所謂了。」

劉康見吳雯答應了，便說：「小雯啊，乾爹向你保證，一定要讓徐正爲他這麼對你付出慘重的代價的。」

劉康心中已經有了一個還不太成型的計畫，原本他並沒有想要拿海川機場這個項目做什麼文章，只是想爭取下來做完工程，然後賺取工程應得的利潤就好了。偏偏徐正橫生枝節，而這橫生的枝節又奪去了他的心頭摯愛，讓他開始重新考慮這整個工程的運作。

他現在已經不滿足僅僅賺取那看上去有些微薄的利潤了，他想從中獲取更豐厚的報酬。

徐正啊，你不要自以爲得計，你還不知道你惹到了誰，我要讓你看看我劉某人的手段，讓你知道知道我劉某人是你不應該招惹的。

這邊劉康心中在暗自盤算如何對付徐正了，那邊在市政府辦公的徐正卻絲毫沒察覺危險已經迫近，他還沉浸在昨晚跟吳雯一場歡好給他帶來的無盡的歡愉中呢。

徐正雖然表面上看上去很正派，可是那都是做給別人看的，暗地裏他並不是沒碰過妻子之外的別的女人。權力帶給他的好處之一，就是總有人不斷地想要討好他，而要討好他的人形形色色，有男人也有女人。有女人，自然就有向他奉獻自己，在床上向他要求進一步的。

討好他的方式也形形色色，也有親近的朋友送上美色讓他春風一度的。他之所以還能維持一個正派的形象，實在是他掩飾自己的功夫到家，小心翼翼地不讓這些桃色事件見光。

因此徐正私下裏沾過的女人也不少，在這方面不能說沒見過世面，可是他曾經經歷過的那些女人跟吳雯比起來，簡直有著天壤之別。這倒不是因爲吳雯的國色天香，而是吳雯讓他感受到了無比的快樂。

雖然都是女人，可是吳雯這女人和那些平凡女人之間的差別實在太大了。原來一個女人的身體裏可以蘊含著那麼多的激情，可以讓一個男人達到天堂般的快樂。

對，在達到巔峰的那一刻，徐正腦海裏想的就是天堂的情景，他覺得天堂的快樂也不過是如此，自己是被吳雯用美麗的胴體推送進了天堂。

原來自己的前半生都是白活了，徐正心中甚至有些遺憾自己沒有早一點佔有吳雯，早一點得到她，是不是早就品嘗到了這種快樂了呢？

所以這一天徐正並沒有什麼心思辦公，批閱文件和開會都變得更加枯燥，他第一次感覺時間變得漫長，他渴望夜晚早一點到來，自己好去再跟美人相聚。

當傍晚終於來臨的時候，徐正心中有欣喜的感覺，他連忙撥通了吳雯的電話，說：

「吳雯，是我。」

吳雯嗯了一聲，表示她知道了。

徐正問：「你在哪裡？」

吳雯說：「我在賓館。」

徐正趕忙說：「那你不要離開，我一會兒就過去。」

吳雯笑了，這個男人果然逃不過自己的手掌心，這傢伙竟然連天黑都等不及就要趕過來，這個可不行，吳雯不但要顧著自己的名聲，也要替徐正維護市長的形象，這還天光大亮的時候，一個市長匆忙跑來鑽進一個女人的房間，估計不用到第二天，海川市就會傳遍市長跟自己的緋聞的。

這種事情在當下絕對不可以發生，徐正還沒有發揮他應該發揮的作用，還不能出事。

吳雯便提醒說：「徐市長，你是不是忘了自己的身分了？」

徐正頓了一下，他理智了些，心說吳雯提醒得還真對，自己這副面孔，海川市民應該是最熟悉不過了，自己幾乎天天在海川市的新聞中出現，曝光率那麼高，要是被認出來，後果可是不堪設想。

徐正笑笑說：「吳雯，謝謝你提醒我，我是有些忘情了，我一整天都想著趕緊忙完工作，好趕去看你。」

吳雯說：「你謝我幹什麼，我只是不想看你出事而已。」

徐正感激說：「你對我真好，這麼關心我。」

吳雯有些哭笑不得，心說：我說不想看你出事，是因爲我和乾爹的計畫還沒完成，萬一你出事了，對我們是很不利的，僅此而已，我哪裡是關心你啊。

吳雯說：「好了，不要說這麼肉麻的話了，你老老實實回家吧，不要總想著往西嶺賓館這裏跑，被人看到了不好。」

徐正愣了一下，難道吳雯認爲他們的關係就只有昨晚而已嗎？他有些擔心的說：「你是不願意再跟我相會了嗎？」

有了劉康的囑託，吳雯知道和這傢伙還需得繼續應酬下去，便說：「我沒這個意思，只是你也不想想，你老是半夜三更往西嶺賓館跑，總是不安全，一旦被人認出來，誤了你的前程，我可擔待不起。」

徐正笑說：「你還不承認關心我，不關心我，怎麼會爲我想的這麼周到啊？好了，我知道了。那今晚你會不會等我啊？」

吳雯嘆了口氣，說：「我房間的鑰匙都在你手裏了，你來或者不來還不是隨你？」

吳雯的無奈在徐正看來是一種女人的含蓄和害羞，是這個美人喜歡自己的一種表現，心中自然是十分的興奮，便說：「那今晚你等著我，我一定會去的。」

臨近午夜，西嶺賓館已經人聲寂寥了，又有一個鴨舌帽壓得很低的人匆匆走進了賓館，進了吳雯的房間。

這一次，兩個人的身體已經不再陌生，吳雯已經經歷了心理上最抗拒的第一次，對第二次便不再那麼反感，對徐正動作的配合就更爲自然，讓徐正有一種如魚得水的感覺。

黑暗替徐正做了很好的遮羞布，他拋開了身上的古板和拘束，徹底的放開了自己，煥發出了從沒有過的激情，在吳雯的引導下，追尋著更大的快樂。

暗夜的幕布下，徐正的形象再次被吳雯置換到爪哇國去了，她再一次把他當做了傅華，她的身子徹底被喚醒，每一個細胞都在躍動，都在渴望著跟情郎的融合。直到達到了快樂的頂峰，她還緊緊的纏繞著傅華，不肯稍稍鬆開一點。

徐正不知道吳雯腦海裏想著的是別人，還以爲她這是在瘋狂的迷戀自己，他沒想到自己竟然在床上還這麼厲害，竟然可以征服一個這樣的尤物，心中難免爲自己的魅力而自豪，也緊緊的抱住了吳雯，在她脖子上輕輕的吻著。

吳雯嬌聲的嗯哼了一下，身子舒服的扭動著，讓徐正再次燃燒了起來，難免又大動了一番。

再停下來的時候，徐正已經精疲力盡了，他躺在那裏喘息著，一邊用手輕撫著吳雯滑嫩的肌膚。

休息了一會兒，徐正看了看時間，已經是凌晨三點多了，他不敢多逗留，匆匆忙忙就穿起了衣服，低聲說：「吳雯，我要走了。」

吳雯含糊不清的答應了一聲，徐正探頭在她臉上吻了一下，便輕手輕腳的開了門，看看走廊上並沒有人，便迅疾的閃了出來，很快的進了電梯，匆匆地離開了西嶺賓館。

凌晨的天氣很涼，剛從熱被窩中離開的徐正忍不住打了一個噴嚏，他看了看冷冷清清的街道，不免有些滑稽的感覺，有誰知道這個城市的市長在這凌晨時分會行走在這無人的街頭呢？又有誰知道這個市長之所以這樣，是因爲他要竊玉偷香呢？

付出這麼多辛苦自然是值得的，吳雯帶給自己的美好值得自己冒這個險，不過這樣下去也不是個辦法，遲早是要被發現的。

同時，吳雯又太過於豔麗，走到哪裡都會被人多看幾眼的，徐正不敢讓她去市政府在海川大酒店專門給他開的房間，他不想如此一個嬌豔的美人爲了他，跟做賊一樣偷進偷出。

徐正十分渴望能擁著美人舒舒服服的過一個晚上，可是他知道西嶺賓館太過於顯眼，自己如果被人知道留宿在這裏，第二天必然會成爲海川市最大的新聞。必須想一個辦法來，既能讓自己享受這種美好，又可以不被人發現。

那就最好是在這城市不顯眼的地方買一處房子，可是要誰去買這所房子呢？徐正想到了劉康，劉康從頭至尾都清楚事件的經過，也只有他最合適來做這件事情。

於是早上徐正到了辦公室之後，便打電話給劉康，跟劉康說，吳雯住在西嶺賓館很不方便，希望劉康能主動幫她在外面買一所房子。

劉康馬上就明白徐正想要金屋藏嬌的想法，一口答應了下來，還說自己對海川市並不熟悉，也不清楚海川市哪裡的房子不錯，請徐正說說房子買哪裡的比較好。徐正就說在海川城西某某社區很不錯，裝修精美，環境安靜清新，很適合居住。

劉康隨即就按徐正要求的，給吳雯買了所房子，房子已經裝潢好的，簡單收拾一下，買買電氣傢俱之類的日常用品，吳雯就入住了。

當晚，徐正就讓司機把他送到了社區附近，偷偷溜進社區跟吳雯相會了。凌晨在約定的時間，他又在社區附近被司機接走。這裏便成了他和吳雯幽會的安全場所了。

接下來，康盛集團和新機場建設指揮部簽訂了項目承建合同，新機場的建設就轟轟烈烈的展開了。

海盛置業和康盛集團也簽訂了項目分包協議，新機場的一些土木工程就交給了海盛置業承包。鄭勝現在對劉康十分服氣，對劉康交代的事情沒有不盡心盡力去辦好的。

住在新機場周圍的一些村落的百姓，原本以爲項目落戶在他們村落旁，承建單位又是北京外來的財團，在海川沒什麼根基，他們這些坐地戶少不得可以從新機場項目和康盛集團身上啃下幾口肉來吃，於是紛紛有人以各種理由找上門來，希望康盛集團給他們一點好處。

對於這些人，劉康一律笑嘻嘻的接待，問清楚對方的要求之後，便讓對方去找鄭勝，說鄭勝一定能給他們一個滿意的答覆。

這些本地人當然對鄭勝不無瞭解，知道了鄭勝在新機場項目中也有參與的份，誰也沒有膽量去打鄭勝的秋風，不得不灰溜溜的離開，再沒有人來騷擾工程的進行了。

工程便如火如荼的進行著。

第十章

官官相護

就這段時間的接觸來說，傅華對張琳的印象是很不錯的，
沒想到竟然完全像趙凱所預想的那樣，
張書記跟徐正官官相護，絲毫沒有一種責任感。
傅華有些無奈，新機場項目這件事情在他這裏，也只好暫時到此為止了。

傅華從吳雯那裏得知蘇南競標失敗之後，當時就很想給蘇南打個電話問問情況，他知道蘇南是很重視新機場項目的，這次失敗肯定對他是一個很大的打擊。可轉念一想，又覺得不合適，蘇南是一個很自傲的人，自己似乎還沒有那種資格可以去安慰他。

傅華便給在海川天和房地產的丁益打了電話，詢問新機場項目得標公司的情況，丁益對此也是不甚了了，只知道得標公司是北京來的，叫什麼康盛集團，董事長叫劉康。

說到這裏，丁益便說：

「對了，傅哥，按說你應該比我熟悉劉康才對，劉康跟吳雯之間似乎有很深的關係，康盛集團現在都在西嶺賓館辦公。」

傅華說：「我只知道這個劉康是吳雯的乾爹，其他的情況，我根本就不清楚。」

「原來是這樣啊，不過，海川市民對這次招標的印象好像還不錯，大家都認為徐正這件事情辦得公正公平，好評不少。」丁益說。

傅華不禁笑了，人們只看到表面的東西，臺面底下真正發生了什麼他們並不知道。這件事就目前來看，傅華可以肯定的是，徐正和劉康都不是那種道地的君子，他對劉康能憑藉真正的實力戰勝振東集團是持一種懷疑態度的。

雖然他跟劉康從未謀面，可是單憑吳雯當初救他那次接觸到的劉康的手下人來說，這個劉康絕非奉公守法之輩，而且他在北京待的時日已經不短，還真沒聽說過康盛集團的名號。要說一個寂寂無名的公司能夠戰勝鼎鼎大名的振東集團，如果其中沒有貓膩，那是打死他也不相信的。

不過傅華也不好在丁益面前褒貶徐正，畢竟徐正是他的頂頭上司，有些話是不方便講給這些朋友聽的。便笑笑說：

「行了，我就跟你瞭解一下情況，我要掛電話了。」

丁益忙說：「誒，傅哥，你先別急著掛，你可是好長時間沒回海川了，我爸爸前幾天還念叨過你呢。」

傅華笑笑說：「你跟你父親說，前幾天我跟賈昊賈主任一起打高爾夫的時候，賈主任還提起過他，說他有好長時間沒來北京了，挺想他的；現在他不是什麼都放手讓你去做了嗎？你讓他別悶在家裏了，什麼時間來北京走走。」

丁益說：「我爸爸現在雖然把公司業務交給我了，可還是對我放心不下，他還想在公司盯一段時間，畢竟這個企業是他一手創辦的，一時很難放得下來。」

傅華笑笑說：「那你就替我帶個話給他，就說北京的朋友們都想他了。」

丁益答應說：「行，我會把話帶到的。」

週末，傅華和趙婷回趙凱家吃飯，趙淼和章鳳出去約會了，只有趙凱夫妻兩人在家。

吃完飯，傅華跟趙凱去了書房，保姆給兩人泡上了茶，退了出去。

傅華喝了口茶，然後說：「爸爸，您還記得我被楊軍騙了的那件事嗎？」

趙凱說：「我怎麼不記得，那時候你小子可夠拽的，我那一千六百萬支票放在你面前，你愣是連個好臉色都沒給我。」

傅華不好意思地說：「我現在還不是老老實實被您收編了嗎？」

趙凱笑笑說：「你是不是被我收編你自己清楚，怎麼又提起這件事情來了，是不是又冒出了什麼枝節？不應該啊，事情不是很俐落的結束了嗎？」

傅華說：「事情倒是沒有留下什麼尾巴，只是當時幫我的那個人，現在浮出水面了。」

趙凱愣了一下，問道：「你是說那個幫你的女人的乾爹？」

傅華點點頭，說：「剛才在飯桌上我不好跟你說，怕小婷聽到這個女人會多想。」

趙凱說：「那倒是，這種事情還是不要讓她知道爲好。是不是那個女人的乾爹找你，讓你辦什麼事情啊？」

傅華搖搖頭說：「這倒沒有，不過，現在這個人出現在海川地面上了，他叫劉康，是什麼康盛集團的董事長。」

趙凱驚訝的說：「劉康？那個女人的乾爹就是劉康？」

傅華說：「對啊，爸爸您知道這個人？」

趙凱說道：「是啊，我知道這個人，不過，我知道他是在你被楊軍欺騙那件事情之後，是因爲這傢伙出手搶了我們通匯集團一筆很大的生意，原本我們跟對方已經講好了一切條件，就等著簽約了，可這傢伙突然橫插一槓，硬生生的將這筆生意搶走了。我當時心中十分不平，心說這劉康寂寂無名，竟然敢惹我們通匯集團，就想找個機會跟這個劉康鬥一把，可是後來我一個朋友知道這件事情以後，專門跟我談了一次，說他認識劉康，知道劉康是怎麼發家的，這是一個不講規矩、什麼道都走的傢伙，睚眥必報，利益第一，爲了利益，什麼樣的事情都可以做得出來的，勸我不要招惹他，如果真要跟他對上了，以後的麻煩就大了。」

傅華說：「原來這個人是這樣的。」

趙凱說：「是啊，我想了想，覺得這樣的人還是少惹爲妙，這筆生意沒做成，下筆生意再做嘛，就放棄了報復他的念頭。你說他去了海川，他去海川幹什麼？」

傅華說：「他一出手就擊敗了蘇南，得標了我們的海川新機場項目。」

趙凱說：「這我並不意外，蘇南那個人做事情一派君子作風，絕不是劉康的對手。」

傳華說：「不過我可是很意外，原本蘇南在我面前表現的可是穩操勝劵的樣子。」

趙凱笑說：「劉康從我手中搶走的那筆生意，我當時也以爲自己穩操勝劵了。劉康就是有這個本事，不然的話，他當初也沒能力幫得上你的。」

傳華說：「這倒也是。」

趙凱問：「你打聽他幹什麼，我可跟你說，這種人太過於危險，千萬不要去招惹他。」

傳華說：「我沒有要招惹他的意思，我只是奇怪康盛集團爲什麼能得標海川新機場項目，我怎麼從來都沒聽說過他們呢？就想跟您瞭解一下他們的情況。」

趙凱說：「你不知道的，我那個朋友跟我說，這個劉康似乎很知道韜晦之道，做事只重實際，而不圖虛名，因此北京並沒有多少人知道他們的實力，甚至連他們公司的名字都很少人聽說過。這一次估計蘇南就是沒把他當回事情才會失手的。」

傳華恍然大悟說：「原來是這樣啊。」

趙凱又說：「傳華，你知不知道這一次你們市裏面是誰選中了劉康的？」

傳華說：「具體情形我不是很清楚，不過，現在的機場建設指揮部的總指揮是徐正徐市長。」

趙凱想想說：「那不會錯了，一定是徐正被劉康收買了。不過，這一次徐正可能完

蛋了，他也不詳細打聽一下劉康的爲人，什麼人他都敢合作啊。」

傅華笑說：「怎麼了，劉康有這麼可怕嗎？」

趙凱說：「這個劉康就是這麼可怕，據我朋友說，他就是個災星，很多招惹上他的人後來都倒楣了，就說他搶走我的那筆生意吧，那個跑去跟他合作的老總，最後賠得一塌糊塗，後來又被檢調單位查出一堆問題，鋃鐺入獄了。劉康這傢伙卻老謀深算，把自己保護得很好，全身而退。這可能也是他爲什麼這麼低調的原因之一吧，他劣跡斑斑，如果再那麼高調，可能早就倒楣了。」

傅華馬上聯想到，新機場項目如果是這樣一個公司來承建，那會把新機場建設成什麼樣子啊？這個劉康肯定不會是一個對工程品質負責的人。

傅華可不想把自己費盡心血才辦下來的新機場項目就這麼被糟蹋了，那樣子，國家和海川市得要遭受多大的損失啊？

傅華有些著急地說：「這不是糟糕了嗎？」

趙凱看了傅華一眼，說：「我知道你在想什麼，你是在擔心新機場項目被毀了是吧？你急什麼？這個局面又不是你造成的，你不覺得你這樣子擔心有些多餘嗎？」

傅華擔憂說：「爸爸，那總是我們海川市的工程，我總不能就這麼眼睜睜看著它被毀了吧？」

趙凱冷笑了一聲，說：「你不這麼看著，又能做什麼？」

傅華語塞了，這個機場建設的總指揮是徐正，而徐正現在對自己厭惡至極，不管自己說什麼他都無法聽進去的；更何況，這裏面徐正也許早就跟劉康勾結了，就算自己跟徐正說出擔心的理由，徐正說不定會更討厭自己。

傅華想了想，說：「這件事情我絕對不能置之不理，既然我知道了劉康是這種人，我就有義務提醒市裏面。」

趙凱看了看傅華，搖搖頭說：「你怎麼就是改不了這個倔脾氣呢？你可要想清楚，這時候你給這次招標結果潑冷水，會更加得罪徐正的，徐正的報復手段你也不是沒見過，你想給自己找這個麻煩嗎？」

傅華說：「我不想找麻煩，可是也不能眼見著這樣的情形不管。起碼我要提醒一下市裏面，對新機場項目的品質要多注意一點，這將來可是我們市的標誌性建築之一，我可不想看他們建出一個豆腐渣工程來。」

趙凱笑了，說：「問題的關鍵是，這個狀況本身就是你們的總指揮造成的，你就是想管也得經過他，所以你根本就管不了。」

傅華不以爲然地說：「徐正並不能一手遮天，他上面還有市委書記張琳，我把情況反映給張書記，我就不信他也不管。」

趙凱看看傅華說：「你以爲張琳就一定會管嗎？我看未必。你在仕途中也打轉不少日子了，知不知道還有個詞叫『官官相護』？」

傅華說：「不會的，我瞭解張書記，他不會是這樣的人。」

趙凱笑了，說：「是不是，你自己試驗一下吧。」

第二天上午，傅華打了電話給張琳。

張琳笑了笑說：「你好，小傅啊，找我什麼事情？」

傅華說：「我在北京聽到一個情況，想跟您反映一下，是關於新近得標海川新機場項目的康盛公司……」

傅華就講了自己從趙凱那裏瞭解到的劉康的情況，張琳聽完，半天沒說話。

傅華覺得張琳是在爲難，便說：

「張書記，這件事情你可不能不管啊，新機場項目對我們海川市是十分重要的，如果出什麼紕漏，後果不堪設想。」

張琳說：「小傅啊，首先呢，我覺得你對市裏面工作認真負責的態度值得肯定，應該給予表揚。」

張琳打起了官腔，讓傅華心涼了半截，他知道下面肯定會跟著一個「但是」的，這一但是，整個態勢就都變了。

傅華急說：「張書記，我不需要這種表揚，我是希望市委能有一個妥實的辦法，確保新機場項目的工程品質。」

張琳說：「你有這種擔憂是好的，不過你想過沒有，這項工程是公開招標選中康盛集團的，工程又有專門的監理在監督著工程的品質，這上上下下牽涉到多少人，你怎麼能就憑幾句不知道從哪裡聽來的話，就認爲康盛集團一定會在工程品質上出問題呢？你有什麼事實憑證嗎？還是你見到了康盛集團違規施工了？你這個同志啊，考慮問題怎麼這麼不成熟呢？」

傅華愣住了，這些他倒真是沒認真考慮過。

傅華說：「張書記，可能我有考慮欠周的地方，不過我就是給您提醒一下，您一定要想辦法加強品質監督，千萬大意不得。」

張琳有些不耐煩地說：

「你這個人啊，要我怎麼說你才能明白呢？這個工程從一開始就是徐正同志在負責的，他現在又是工程的總指揮，從我們這段時間的配合上看，我覺得徐正同志是一個認真負責的同志，市裏面的工作在他的領導下開展的很不錯，你憑什麼就認爲徐正同志一定不能管理好這項工程？我貿貿然去干涉，會讓徐正同志產生我不信任他的感覺，這對我們之間的團結可是很不利的。」

傅華聽了無語，張琳說得在情在理，經濟建設方面確實是應該徐正主抓的，不願意干涉也是他在恪守自己的本份。

可問題的關鍵是，徐正這個人是有問題的，從順達酒店當初被刁難，章旻出面擺平徐正那時起，傅華心裏就清楚這個徐正並不廉潔，劉康擺平他估計跟章旻擺平他用的是一種手法。

張琳又說：「我知道，你個人對徐正同志有些看法，可是人無完人，看一個人，要懂得看他的優點，不要因爲你自己的看法，左右了對整件事情的判斷。」

傅華急忙辯解說：「張書記，您別誤會，我是因爲聽到關於康盛集團的一些情況，覺得有些問題，才向您反映的，我可沒有針對徐正市長的意思。」

張琳說：「好了，我相信你是出於好意，不過，你是不是多專注於自己的本職工作，尤其是我前些日子跟你提過的汽車城項目的招商，怎麼到現在都沒什麼進展啊？」

傅華說：「張書記，這件事情我已經交代了下去，駐京辦的同志們都把這件事情當做目前工作的重中之重，全力想辦法予以解決。」

張琳說：「你不要跟我說這些客套話，你就告訴我有進展了沒有？」

傅華乾笑了一下，說：「目前還沒有找到有興趣的客商。」

張琳責備道：「那就是你們目前在這方面什麼工作都沒做了？你這個同志啊，這個工作光交代下去有什麼用？交代下去等在那裏跟不交代有什麼區別？你要動動腦筋，想辦法解決這個問題才對。」

傅華說：「我們都想了，也發動了各自的人脈關係，只是目前還沒遇到……」

張琳打斷了傅華的話，說：

「我不想聽你說這種廢話，什麼叫還沒遇到，這種等法，完全是一種消極的工作態度，你忘了當初是怎麼遇到融宏集團的陳徹的？是主動出擊，窮追猛打才將融宏集團拉到海川來投資的。怎麼，海川大廈蓋起來了，豪華的辦公室有了，你就可以躺在功勞簿上吃香喝辣的，不需要再努力了嗎？」

這話說得很重了，這是因爲最近一段時間，向人大、政協兩部門反映汽車城項目的市民越來越多，這兩個部門把意見都彙總到了市委，也有兩部門的委員們提出要對相關部門進行質詢，徹底追查問題的根源。

問題鬧得越來越不可收拾，讓張琳也有些不勝其煩，解決汽車城項目問題的心日加迫切，所以他對目前關於汽車城招商絲毫沒有進展的情況很不滿意。

他對駐京辦本來是寄予厚望的，偏偏傅華也說沒進展，由不得他不惱火，因此出重話批評傅華，想要迫使他早日想辦法解決這個問題。

傅華被訓得有些灰溜溜的，說：「張書記，您批評的是，我馬上就發動我們駐京辦的工作人員再動動腦筋，盡快找到解決汽車城項目的方案來。」

張琳說：「那就好，市委市政府可就等著你們的好消息了。」

傅華說：「我會盡好自己的本分的，不過張書記，新機場的事情……」

張書記聽傅華再次提及新機場項目，知道傅華又要囉嗦徐正和工程品質的問題，有些生氣地再次打斷了傅華的話，說：

「你這個同志怎麼回事啊？你的本分是協助市政府處理好在北京的各種事務，不是讓你去監督市長的工作，你盡好自己的本分就行了，不要管那麼多。」

張書記說完，沒等傅華再說什麼，直接扣斷了電話。

傅華沒想到事情會是這個樣子，自己好心向市委書記反映情況，可是張書記不但不認真聽取，甚至直接掛斷電話，這可讓傅華太過意外了。

就這段時間的接觸來說，傅華對張琳的印象是很不錯的，沒想到竟然完全像趙凱所預想的那樣，張書記跟徐正官官相護，絲毫沒有一種責任感。傅華有些無奈，新機場項目這件事情在他這裏，也只好暫時到此爲止了。

傅華放下了電話，把林東和羅雨叫到了自己的辦公室，把張琳剛才批評自己的話跟兩人說了，然後問道：「老林、小羅，你們兩個最近可找到了什麼感興趣的客商嗎？」

林東撇了撇嘴，說：「那裏有這麼容易啊，要接下那麼大的汽車城項目，要有一定的實力，可是真正有這種實力的客商對我們海川的興趣寥寥，這個問題真是不好解決。」

傅華知道林東這個人沒什麼才能，因此對他這麼說也不意外，他轉頭看了看羅雨，說：「小羅你呢？」

羅雨也皺了一下眉頭，說：「傅主任，這件事情還真是不好辦，我接觸了一些北京的朋友，把我們的汽車城項目跟他們說了，可是幾乎沒有人願意接這個爛攤子。」

傅華煩惱地說：「那怎麼辦呢，市裏面還拿我們駐京辦當盤菜呢。我們不能就這麼坐著等，必須盡快找到解決的方案。兩位，你們多辛苦些，多發動些朋友，要多方尋找，只要有一絲可能，我們就必須盡全力爭取，就像當初我們爭取融宏集團的陳徹一樣。」

林東和羅雨都點了點頭，說：「好的。」

傅華說：「那我們大家就各自努力吧，如果找到了什麼合適的客商，先不要管對方願不願意，提出來我們大家一起研究，看有什麼辦法能說服對方拿下。」

兩人答應了一聲就出去了，各自聯絡自己的朋友，看有沒有認識可能接下汽車城項目的人。

過了幾天，張琳主持召開了一次市委常委會議，開完會後，張琳叫住了李濤，說：「老李啊，你來我辦公室一趟，我有點事情想跟你說一下。」

徐正在收拾東西，聞言抬頭看了看張琳，心中不免打了一個問號，張書記找李濤有什麼事情啊？

張琳說完話，轉身離開了會議室，並沒有看到徐正看他的眼神。

李濤收拾好東西，便對徐正說：「徐市長，我過去看一下張書記找我有什麼事。」

徐正笑笑說：「去吧。」

李濤跟著張琳進了辦公室，秘書進來給兩人倒上茶，退了出去。

張書記看了看李濤，說：「老李啊，說起來，我們共事已經有很長一段時間了。」

李濤笑笑說：「是啊，曲煒同志還是市長的時候，我們就已經是同事了，一晃這麼多年了。」

說到這些，李濤心中難免有些感慨，張琳還比自己年輕，想不到竟然後來居上，做了自己的領導了。

那時張琳是副書記，李濤是副市長，兩人雖然是同事，可是互相之間的交往並不多，他們那時都是副手，頂頭上司之間互有嫌隙，兩人自然不能走得太近，以避免讓上司猜忌自己心懷他志。

張琳聽了說：「是啊，時間過得真快。」

李濤看了看張琳，他搞不清張琳葫蘆裏賣的是什麼藥，便問：

「張書記，您說有事要問我，什麼事啊？」

張琳說：「老李啊，本來這件事情我不太想問的，可是事關重大，想了很久，覺得還是私下跟你瞭解一下比較好。」

李濤見張琳這麼嚴肅，便坐正了一些，說：「張書記，有什麼事您儘管問。」

張琳說：「老李啊，新機場項目招標程序你全程都參與了，我想問一下，你對得標的這個康盛集團印象如何？」

雖然張琳在傅華提出康盛集團可能存在問題的時候，嚴厲的批評了傅華，可是並不代表他一點不接受傅華反映的情況，實際上，他很認真的聽了傅華提到康盛集團的每一個字。

張琳批評傅華，是因爲他不想給傅華造成一種錯覺，以爲可以借助自己去打擊徐正。

在一個市裏面，市長和市委書記的關係是很微妙的，稍微一個不謹慎，就會造成兩人之間極大的矛盾。張琳是相信分權和制衡的，他認爲自己這個市委書記的職責範圍是黨務和人事，而徐正的職責是經濟建設，他並沒有想要越界攬權的意思，他希望自己和徐正能夠各自管好自己的事情，分工合作，搞好海川市。因此，他並不想在下屬口中聽到反映徐正有什麼不好的情況的話，尤其是這個下屬和徐正之間還存在著幾乎公開化的矛盾。

張琳可以在某些方面幫助傅華，因爲他覺得在徐正和傅華的爭執中，徐正做得有些偏差，這並不代表他對徐正有意見，人無完人，做領導的也是一樣，所以有些事情發生了也是可以理解的。只要主體上是好的就行了。

在不與徐正公開衝突的前提下，張琳可以適當的維護一下傅華。但是他不能接受傅華在自己面前公開的挑剔徐正的毛病，他接任市委書記一來，也從來沒有在公開或者私下的場合批評過徐正一個字。這是因爲從根本上講，他想做一個稱職的市委書記，而一個稱職的市委書記是應該跟市長搞好團結的。

所以張琳嚴厲批評了傅華，甚至在傅華一再囉嗦的時候掛斷了電話。

但另一方面，張琳對傅華是有一定瞭解的，他知道傅華不會沒來由的就去懷疑得標的這家康盛集團，這是一個有能力肯負責的同志，因此他的心裏也打了一個問號，爲什麼傅華會感覺康盛集團有問題呢？

但是也不能貿貿然的就去調查康盛公司，徐正這一次操作海川新機場項目的招標程序，是得到了省委省政府的高度評價的，認爲這次招標程序嚴格按照了國家的法律法規進行，全程公正、公開、透明，給東海省工程的招標活動作出了一個很好的榜樣，值得東海省其他工程項目學習。

在這種情況下，去調查康盛集團就更有些不合時宜了，這也是張琳嚴厲批評傅華的另外一個原因，你在上下一致看好的情況下去質疑徐正，不但無法損及徐正，反而會招致各級領導對你的不滿。

張琳話說得很重，就是不想傅華再摻和下去，如果再摻和下去，不但於事無補，反而會危及傅華自身。張琳對傅華的批評，實際上是張琳對傅華一種變相的保護。

不過，涉及到這麼大的工程項目，張琳也不敢掉以輕心，真要出了什麼問題，後果真是不堪設想。這裏面大都是海川市民的血汗錢，張書記更不想讓它成爲一些不法分子的饕餮盛宴。他覺得有必要私下摸一摸康盛集團的底，看看這家公司究竟是何方神聖。

可是不摸底還好，這一摸底，張琳心中更加沒底了，他找了幾位在北京商界的朋友，想要向他們瞭解一下康盛集團的實力和信用記錄，結果大大出乎他的意料之外，竟然沒有一個朋友知道康盛集團的，更別說能夠說清楚康盛集團的具體情況了。要知道，自己這些朋友在北京的商界也都是呼風喚雨的人物，連他們都不知道這家公司，可見這家公司真是不起眼了。

張琳驚出了一身冷汗，在他心目中，能得標新機場項目的公司應該是赫赫有名的，怎麼會是泛泛的無名之輩呢？這其中是什麼原因讓康盛集團能夠勝出呢？

張琳越發想不明白，便讓朋友幫他調取了康盛集團的工商登記資料，登記資料看上去倒也中規中矩，但感覺上並不是什麼有實力的公司。張琳心中的疑竇並沒有解除，想來想去，決定還是找經手招標的人來問個清楚。

張琳不想直接去問徐正，徐正是這個工程的總指揮，不論從哪個角度上看，他都與選擇康盛集團有著相當的關係，問他，只能聽到一些辯解的話。同時，查問得標單位的情況也會讓徐正感覺自己對他有所懷疑，徐正這個人看上去就是個心眼很小的人，這樣子會造成兩人的矛盾，並且也不利於問題的解決。

想來想去，張琳的目光放到了李濤的身上。就他的瞭解，李濤應該還算是個有原則有正義感的同志，應該可以信任他，便在會議後把他留了下來，向他詢問康盛集團的情況。

李濤絲毫沒想到張書記會向自己詢問康盛集團的情況，他問這個想幹什麼？

在李濤的印象中，張琳跟孫永是有很大不同的，這個張書記上任以來，一直旗幟鮮明的支持市政府方面和市長徐正的工作，對市政府管轄範圍的事務向來是不插手的，怎麼會突然問起了市政府主導的海川新機場項目的得標公司的情況呢？難道張書記前段時間的表現都是在僞裝自己？現在他站穩了腳跟，開始想要插手攬權了？

想到這些，李濤便有些反感，他感覺剛剛海川因爲市委和市政府緊密合作，經濟建設有了起色，又要重演不和的戲碼，真是煩人啊。

他看了看張琳，說：「張書記，您怎麼突然想起來問這個？」

張琳看出了李濤對自己心存疑慮，便說：

「老李啊，我不是說這個康盛集團有什麼問題，只是前幾天我跟北京的幾個朋友聊天時，我跟他們說，北京康盛公司得標了我們的新機場項目，我想他們在北京，一定很瞭解康盛集團的情況吧，結果令人意外的是，竟然沒一個朋友知道這家公司。我心中就很詫異，能夠得標我們海川市這麼大的項目，不應該是一家很有名氣的公司嗎？所以就想找你來問問情況，只是瞭解一下，可沒別的意思啊。」

李濤笑了，說：「原來是這樣啊。我跟您說張書記，這次招標工作徐正市長很重視，很多工作都是他親自做的。我對這家康盛公司只是注意一些必要的資格問題，他們各方面的資格都符合我們的要求，因此參加競標是沒問題的。」

張書記說：「那我們最終選中這家公司的理由是什麼？」

李濤回說：「徐正同志對這家公司印象很好，在評標的時候，點評說這家公司實力雄厚，很適合海川新機場項目。評審專家們經過評審，也一致認爲康盛集團的方案最好，所以最終就選擇了康盛集團。」

發標方點評說某某公司最適合發標項目，這不是在強烈的暗示發標方的意圖是讓這家公司得標嗎？參與評審的專家們自然不會故意跟請他們來的發標方作對的，這是他們的衣食父母，他們可不想砸了飯碗。

張琳心中越發懷疑這個招標程序是有問題的，似乎徐正是刻意要讓這家康盛集團得標的。

張琳看了看李濤，說：「老李啊，你當時是怎麼看的？」

李濤說：「這件事是徐正同志主導的，我自然是唯他馬首是瞻了。」

張琳看出李濤心中似有不同意見，便說：

「老李啊，我們這是私人的談話，你就沒必要跟我說這種客套話了吧？」

李濤笑了笑，說：「其實我個人認爲另外一家振東集團更合適，他們的競標方案更適合。不過這只是我個人意見，我還是尊重專家評審的結論的。」

張琳在打聽康盛集團的過程中聽說過振東集團，那些朋友們都說振東集團在機場建設方面比較有名氣，問張琳海川市爲什麼不選振東集團，而選擇這家無名的康盛集團，看來這家振東集團倒是公認的有實力的公司。

張琳聽到這裏，大致上已經明白了事情當中的蹊蹺，不過，雖然他心中明白這件事情有問題，可是徐正把問題掩蓋的很好，臺面上的運作都是合規合法的，他無法對此進行更深入的調查，甚至不能公開的質疑什麼。

但張琳也不甘心就讓這家康盛集團毀了新機場的建設，便看了看李濤，說：

「老李啊，新機場是這幾年我們市經濟建設中的重點項目，如果建設不好，海川市的老百姓會指著你我的面罵娘的。你是新機場建設指揮部的副指揮，在工程建設中要多關注一下工程的品質問題，多加強品質監督，知道嗎？」

張琳不方便對得標程序再說什麼，也只能跟傅華提醒他的一樣，提醒一下李濤，加強品質管制，現在對工程施工的監管措施很多，也許加強了品質管制，康盛集團不能從中投機取巧，工程就不會出什麼問題的。

李濤點了點頭，說：「這是我應盡的責任，我會對施工加強監督的。」

張琳又交代說：「再是，老李，今天是我們私人之間的談話，我不希望這次談話的內容讓你我之外的第三人知道，行嗎？」

李濤答應道：「好的，我會保密的。」

張琳說：「這其實只是我對這個項目的一種擔心，很可能是多餘的，所以我不想因爲這個造成一些不必要的誤會，影響了和同志們之間的團結。」

李濤說：「我明白，張書記你這也是一片苦心，是不想我們新機場項目出什麼問題。」

張琳嘆了一口氣，說：「老李啊，你理解我就好，很多人覺得我這個市委書記做得很風光，其實不然，市委書記這個職務對我來說，更多的是意味著責任，我有責任管理好海川市這些大大小小的事務，萬一真是出了什麼問題，首當其衝的是我。所以很多事情我需要比別人多考慮考慮，儘量做到防患於未然吧。」

張琳的目光投向了窗外，現在傅華反映的情形基本得到了印證，這讓他的心情不由得變得沉重起來。

請續看《官商鬥法》九　騙子公司

官商鬥法 八 天價合同

作者：姜遠方
發行人：陳曉林
出版所：風雲時代出版股份有限公司
地址：105台北市民生東路五段178號7樓之3
風雲書網：http://www.eastbooks.com.tw
官方部落格：http://eastbooks.pixnet.net/blog
Facebook：http://www.facebook.com/h7560949
信箱：h7560949@ms15.hinet.net
郵撥帳號：12043291
服務專線：(02)27560949
傳真專線：(02)27653799
執行主編：朱墨菲
美術編輯：風雲時代編輯小組

法律顧問：永然法律事務所 李永然律師
北辰著作權事務所 蕭雄淋律師

版權授權：蔡雷平
初版日期：2015年8月
初版二刷：2015年8月20日
ISBN ：978-986-352-152-5

總 經 銷：成信文化事業股份有限公司
地　　址：新北市新店區中正路四維巷二弄2號4樓
電　　話：(02)2219-2080

行政院新聞局局版台業字第3595號 營利事業統一編號22759935
©2015 by Storm & Stress Publishing Co.Printed in Taiwan
◎ 如有缺頁或裝訂錯誤，請退回本社更換

定價 ：280元　　特惠價 ：199 元
版權所有　翻印必究

國家圖書館出版品預行編目資料

官商鬥法 ／ 姜遠方 著. -- 初版. -- 臺北市：
風雲時代，2015.01 -- 冊；公分

ISBN 978-986-352-152-5（第8冊；平裝）

857.7　　103027825

風雲時代

風雲時代 風雲時代 風雲時代 風雲時代 風雲時代 風雲時代